遇見妳所遇見的人

沾零——著

【推薦序】

蔚海

大家好，我是蔚海，接到沾零的邀請時相當驚喜，非常高興可以替沾零撰寫《遇見妳所遇見的人》的推薦序！

拜讀完這本書後，在裡頭最喜歡的角色是宇森。在我眼中他是一個很溫柔的人，看到揪心的部分，真的很想拍拍他、抱抱他、摸摸他，真的是虐到心坎裡頭去了。

很禁不起沉重劇情的我，看完了結局真的感受到滿滿的惆悵，可又覺得這個結局已經是最幸福且美滿的了，非常喜歡這樣的結尾。

什麼是「愛」呢？在看完故事後，我對於「愛」的定義又有所改變了。

沾零的故事後勁都很強、故事鋪陳與伏筆都很驚人，故事都能在讀者的心中停留很久，這是她的一大優點，也是每個故事都這麼精彩的原因之一。

知道沾零在創作的這一條路上投注了許多的時間與精力、真的相當努力，得知這本書將會出版，真的相當替她開心，在此也替沾零用力感謝支持的讀者們！（大心）

蔚海於台南自宅。

【自序】

得知此書能夠付梓出版時，我的心情實在難以言喻，當下有許多不同的感覺湧上心頭，有感動、有興奮也有感激。

自從我意識到自己對創作的熱忱後，我便一頭栽進了寫作的世界裡。我每天都寫，只要有時間就是窩在自己的房間裡，努力地敲打著鍵盤；只要有一天沒聽見敲打鍵盤的聲音，就會覺得渾身不舒服、做什麼事都提不起勁。

「妳現在每天待在電腦前面，等以後就會後悔自己浪費了大好青春！」這是我姊姊在我高二暑假時曾對我說過的話——誠然，現在我回過頭去看自己的高中時光，佔據最多的，竟不是課業也不是同儕生活，反而是寫作這件事，也難怪我的姊姊會這麼語重心長地給我忠告，要我別浪費自己的青春。在她眼裡，我大概只是個成天坐在電腦桌前、不務正業的頹廢高中生，還沒意識到自己浪費了多少美好年華。

但是，我深信自己不會後悔的——直到我出版人生第一本書的此刻，我終於能理直氣壯地告訴她這件事了。

我也曾想過，自己把這麼多時間花在創作上，真的有意義嗎？但這樣的疑惑，總在我每一次跟著筆下角色或哭或笑、為了每一則讀者留言感到心情澎湃的時候，都化作了雲煙。

我絕不會後悔自己花了這麼多時間在創作上頭。的確，我浪費了許多青春，然而我所浪費的青春，卻全是用來詮釋他人的青春——這對我來說，並不是沒有意義，也絕不是需要懊悔的事情。

看著我筆下每個角色如萬花筒般璀璨的人生，隨命運的安排而起伏跌宕、各自在小說的世界裡努力尋找人生的意義……我反而覺得這一切都是我值得拿來驕傲、值得向他人分享的喜悅與成就。

而這個故事，是在萬花筒裡那千萬顆星蕊中的其中一顆。

我很幸運，能夠將這顆星以實體書的形式，親手捧到你們的眼前。若這顆星星的光芒，能夠稍微照亮一點你的世界，那麼我所揮霍的那些光陰也就有所回報了。

最後，我想在自序裡感謝所有支持我的讀者、每一個曾聽我傾訴煩惱的文友、還有我最溫暖可愛的家人（即使他們從沒看過我寫的故事，卻在我獲得出版機會時為我開心，真的很感動。）

當然，最想感謝的，還是給予我出版機會的秀威，還有既親和又超有耐心的編輯大人。

這是一個關於愛的故事，但說的不僅僅是愛而已。希望你們會喜歡這個故事，哪怕只有一點點，也是對我最大的鼓勵！

我是沾零，我知道自己還有許多不足，但我未來會繼續精進自己，也會持續寫作，寫下更多人的青春、也讓我自己的青春被揮霍得更有價值。謝謝你們！

沾零
二〇一七年一月二十七日
於　板橋家中

Content

【推薦序】 003
【自序】 004
楔子 007
第一章：菸味 009
第二章：靈魂 047
第三章：死結 095
第四章：遇見 125
最終章：時光 161
番外一：有妳的下輩子 191
番外二：沒有你的明天 203
番外三：遇見妳的那一刻 215
番外四：非你不可的未來 227

楔子

——嗨。

除此之外，我不知道該和眼前的人說些什麼。

男人靜靜地望著我。一雙深眸，一如當年幽深灰暗。他薄唇微掀，繼而緊抿。

過了這些年，我們都有很多想說的話，但卻始終說不出口。

畢竟，時光帶來的很多，卻帶走了更多。

「……好久不見，江巧嘉。」

我有些愕然。如果聲音會有顏色——當年，張久岳的聲音，是白色的，像隨時會被吹散的一把灰燼。

現在，則是火紅色的，像一片死灰中復燃的火花星子。

「嗯。」我低下頭，不去看他的那雙眼睛，也試圖忽略他話裡的顏色。

「……僅此一次吧，」良久，我吐出這句話，接著重新抬起頭，說道：「以後別見面了。哪怕只是巧遇。」說完，我邁開步伐，直直越過他的肩側。

他的聲音在我身後響起。頓時，我感到背後有一片閃爍隱隱發燙——我愕然地轉過頭，只見他那雙深眸裡沉著幾縷笑意。

「妳一定很想他。」他說。

我的呼吸有一瞬的停止。我笑開來，故作好奇地望著他，「哦？」

他笑而不答，意味深長地望著我。

我知道，這是他在等我露出破綻……

我正要開口嘲諷，卻見他的眼眸，一瞬漫開悲鬱——我再次頓住，微瞠雙眸，直直看進他那雙眼睛裡。

「……不瞞妳說，我也很想他。」他說。說完，張久岳揚起一抹苦笑，又抿了抿自己乾裂的唇。

我渾身一僵，眼睫止不住地顫動——

「在一起吧，我們。」他說。

我沉默不語，斂去驚訝，靜靜地望著他。他也靜靜地望著我。

然後，我看見他伸手，從褲子的左邊口袋裡掏出菸盒。我的心臟因此而失控跳動。

這一瞬，我明白了很多事。

「好。」我揚起一抹微笑，「在一起吧，我們。」

儘管，時光帶來的很多、帶走的更多，然而留下的，卻也已然足夠成為回憶。

第一章：菸味

我坐在客廳沙發上，電視的亮光映在我身上。看見螢幕裡的那個男人，我陷入一陣茫然。

那個男人，叫做高鵬。

經過幾年歲月的淘洗，高鵬從原本的歌手轉戰主持，現在已是幾個熱門節目的主持人，偶爾出個唱片，最近聽說還有要出演戲劇的打算。

而電視螢幕旁，貼滿了照片。同樣是那個男人。

我不曉得自己該對這個男人有什麼樣的感覺，厭惡、害怕、還是憎恨？明明他沒有做錯任何事情。我甚至與他素未謀面。

「天啊！是親愛的——七點了？」母親走了出來，對著電視螢幕大叫，急急忙忙跑到電視機面前，痴痴地望著他，同時開口：「巧嘉，妳怎麼沒提醒我已經七點了？」她雖然是對著我說話，目光卻仍定在螢幕上。

我沒有回答。

「巧嘉，妳看妳看！——他手上戴的那隻錶，看到了嗎？」母親興高采烈地轉過頭，望著我，對我滔滔說道：「那是我送給他的——」

我面無表情，「嗯。」隨意回答了一句，我站起身，想要走回房間。

然而，我聽見電視裡的那個男人說了什麼。

「趁著這個節目，我有件事想向電視機前的觀眾宣布。」男人略微羞澀地笑了笑，「我和一位圈內女星正在交往，我和她商量過了，決定在這個節目上宣布我們的戀情。希望大家能給予支持……」

我驚愕地扭過頭，瞪大雙眼，直直望向母親，試圖從母親的表情推敲出她此刻的想法——看著她呆滯而蒼白的面孔，我知道大事不妙了。

真的不妙了。

家裡電話很快地響起來，我想都沒想，直接把話筒拿起來，靠在耳畔。奶奶沙啞而著急的聲音傳來——我還沒理清她講了什麼，便急急脫口而出：「我會看好媽媽。」我說。

奶奶嘆了口氣，「拜託妳了，巧嘉！」她頓了頓，又道：「我這老人家，要是青琳做什麼傻事，我也實在沒辦法攔她——」

「好好的一個人……怎麼就遇到了這種髒東西呢……神明不願幫忙，真是天作弄人——」奶奶說著說著，便又像往常那樣開始哽咽，準備大哭一場。

我扶住額角，只覺得頭疼得厲害。奶奶每次一提到母親的病，總是三句話免不了大哭一場。

我的母親，患有情愛妄想症。[1]

但不只是我的母親本人不相信，連奶奶也不願意相信——媽媽一口咬定自己的愛情是真實的，奶奶則始終篤信著媽媽是被不好的東西纏身，於是終年尋求神明協助。

「奶奶，您放心吧。我現在放暑假，我會好好看住媽媽。」

我搶在她開始嚎啕大哭以前，掛斷了電話。

我的目光重新望向母親。電視機前的母親，一雙空洞的眼直直望著螢幕。那樣木然的神情，不禁刺痛了我的眼。她看起來瞬間又老了幾歲。

---

[1] 情愛妄想症（Erotomanic Type），又稱作被愛妄想症、戀愛妄想症等。患者會深信自己正在和某人戀愛或被某人暗戀，而該幻想對象可能與患者很少接觸或根本沒有交集。另外，幻想對象通常會是社經地位或其他客觀條件十分優秀的人士，如偶像明星、政府官員、公司高層主管等。但患者除了情愛方面，在日常生活中的行為舉止、思考邏輯等並無異狀。

愛情怎麼就這麼噁心又麻煩呢？我如是想著。

如果戀愛會讓人變得這樣脆弱，那我一輩子也不會談戀愛的。

＊＊＊

這幾天母親安靜得不像話，一點也沒有失去情人的淒苦，反而像是什麼事也沒發生。還記得幾年前鬧出高鵬和一個知名女星的緋聞，哪怕只是不實的謠言，母親也還是氣得哭了好幾天，甚至鬧得要自殺。現在這平靜的模樣又是怎麼回事？

我站在廚房門口，出神地看著媽媽用刀子俐落地削下花椰菜梗。陽光灑落在她肩頭，微捲的髮尾映出亮棕色的色澤——高鵬喜歡這個髮色——我知道是假的，但媽媽是這麼告訴我的。

鼻腔裡全是花椰菜那股潮濕的味道，我不喜歡，只能皺著鼻子，努力屏住呼吸。

母親抬起眼來，看了我一眼，「巧嘉，妳有什麼事嗎？」她的語氣不善，想來，她也是知道我站在這裡的目的。

於是，我也懶得拐彎抹角，說道：「看著妳，以免妳花椰菜切一切，切到自己手指。」

媽媽似乎覺得很荒唐，笑了笑，「妳放心，我沒那麼脆弱。因為我知道，高鵬那樣說，只是為了要氣我。」

我皺起眉頭，「妳……」

「我們已經很久沒見面了，他很沒安全感，總是害怕失去我。所以，他是為了讓我吃醋，才說自己在和別的女人交往。妳們都太笨了，沒看懂他眼底的心虛。」

我抿住唇，頓時不知道該如何作答——高鵬在電視上坦承戀情時靦腆羞澀的模樣，媽媽竟然說那是「心虛」？

我不發一語，不打算回應。我知道就算自己說出真相，母親也不會接受，可是我也不願順著她的話說，這是一股長在骨子裡的劣根性。

「所以我想出了一個好方法。」母親衝我一笑，接著又埋頭去削花椰菜，「……明天早上，我有個同事會來。以後我們就住一起了。」

我的思緒被這句話猛然打斷，我驚訝得說不出話來，一口氣哽在喉嚨，「什、什麼？誰？男生還是女生？」

「當然是男生囉。」母親抬起頭，俏皮地向我笑了笑，「不然怎麼讓高鵬吃醋呢？——既然他想讓我吃醋，那我也回敬他一點嘛，是吧？」母親說著說著，眼神就黯了下來，「雖然我知道他只是要讓我吃醋，但我還是會擔心的。要是他真的跟那女人互生情愫怎麼辦？——既然如此，不如就測試他吧，要是連男人住進我家他都還無動於衷，那麼……」媽媽頓了頓，似乎是被自己的話嚇了一跳，一張臉霎時白了。最後，她扯出一抹笑容，「哎唷，絕對不會的，他那麼愛我。」

我因為過於震驚，眼皮震顫著，「那，別人要和我們一起住……這件事，為什麼我現在才知道？」

媽媽抬起眼，很是困惑地看著我，「嗯？」她似乎沒聽懂我的意思。

我深吸一口氣，壓抑自己內心的躁動——我也住在這間房子裡，為什麼有這樣的決定，卻沒有事先告訴我？

雖然生氣，我最後仍沒有把這句話說出口。

因為我知道，比起高鵬，在媽媽眼裡我什麼都不是。

＊＊＊

隔天早上，我頂著一頭凌亂的頭髮，睡眼惺忪地走到廚房裡。嘴裡乾得發澀，於是我打開冰箱，拿出一罐冰可樂，猛地往喉嚨裡灌。冰涼的感覺流過喉間，我舒暢地瞇起眼睛。

同時，我聽見門被人打開的聲音。我探頭去看，只見媽媽正站在玄關，脫掉自己的高跟鞋。門沒有關，一個高大的男人走了進來。

「巧嘉，妳起床啦？」媽媽看見我，露出一抹笑容。發現我的視線正定在後面那個男人身上，媽媽不疾不徐地解釋：「這是楚念軒。我的同事。」

楚念軒向我禮貌性地點點頭。

「嗨。」我隨便應了一聲，接著繼續把可樂灌進嘴裡。

媽媽一愣，正色道：「妳那什麼態度？不可以這樣對客人。」

我沒有說話，緊緊閉著嘴，任由可樂的痲辣感在舌尖蔓延。

媽媽嘆了口氣，朝著身後那個男人說道：「先進來坐吧。」

「我先去趟廁所。巧嘉，妳好好招待一下念軒。」媽媽在「招待」二字加重了語氣，提醒我該注意自己的態度。

男人走進客廳時，目光定在牆上那些高鵬的照片，眼球轉了轉。

我心跳一滯，忍不住仔細觀察他的反應。他目光並沒有停留很久，很快便轉向其他地方。

我有些失望，同時也有些憤怒，莫名地躁動。

「坐這吧。」手裡握著冰可樂，我的觸覺已經麻木，我把可樂罐放到另一隻手中，用方才握著可樂罐的手去拍拍沙發，手心發麻。

男人深沉地望著我，有幾秒的猶豫。接著，乾淨潔白的襯衫隨著他坐下的姿勢隆起些許皺摺。

「喝什麼？水還是果汁？」我冷冷地問著，視線甚至不在他臉上。此刻我能感覺到可樂的味道在嘴裡甜得發膩。

「……都可以。」男人如是答道。

我嘖了一聲，將可樂罐放到桌上，推到他眼前，「那你喝掉它吧。」

我能察覺他一瞬驚詫後，唇間浮出的依稀笑意。但我假裝沒看見。

母親剛好回來了，一看見桌上的可樂，忍不住念了幾句：「妳怎麼給人家喝可樂？」

我摸摸鼻子，正要走回廚房，就被母親叫住：「對了。」她看著我，表情深不可測，「這就是以後會和我們一起住的人。」

我點點頭，猶豫一陣，才悻悻然地回答：「……我知道。」

男聲順著我的回答，在我身側響起：「請多多指教了，江巧嘉。」

聲音如果有顏色，那麼這男人的聲音就像灰青色，從菸頭冉冉升起的那種顏色。男人從沙發上站起身，朝我伸出手。

對於他這樣恭敬有禮的模樣，我心底有一絲憤恨，我瞪著他伸出的手，問道：「喂，這位先生，」我腦袋一熱，竟是沒頭沒腦地問出口：「你知道我媽的病嗎？」——還未細想，我便脫口而出。

「巧嘉！」母親愕然地喊了我一聲。我渾身一抖，重新看向她。

「……妳怎麼就一直說自己媽媽有病呢？我以為、我以為妳已經相信媽媽了——」媽媽既不解又憤怒地望著我，「好，妳可以不相信我跟那個人的感情，那沒關係，可是妳說我有病，這可是在汙辱媽媽啊……」

我垂下眼瞼，一時找不到什麼適當的措詞去反駁。

突然間，「嗯。」楚念軒面不改色，我愕然抬眼，只見他一雙深沉的眼緊緊盯著我瞧。

模糊而朦朧的答案。不足以讓母親認為他站在我這邊，卻也不足以讓我明確明白他的意思。於是我盯著他，進一步質問：「你知道？」

這次他沒有答話，卻用眼神說明了一切。

我實在不知道該說什麼，在極度無言的狀況下笑了出來，「哈，真是夠荒謬。」

那男人的眼神，像是這麼說著——雖然知道她是這樣的人，但我還是愛她。

我沒再理會他，逕自離開了客廳。

＊＊＊

那個電視上的男人會抽菸，媽媽是這麼告訴我的。

所以，當我看見倚在陽台上的楚念軒手指間正夾著一根菸時，忍不住帶點諷刺地出聲：「是因為媽媽才抽的嗎？」

聽見我的話，他身形一滯，轉過身來看著我。

夜晚很涼，他披著一件薄外套，眼神平靜。

「對。」他承認得很大方。

「知道我母親有『情愛妄想症』，還愛她的原因是什麼？」我走到他旁邊，問得很輕。

「妳怎麼知道我對妳母親……」「因為眼神。」我沒等他把話問完，果斷地回答。他微微一愣。

「你看著媽媽的眼神，和媽媽看著電視上那個人的眼神，根本一模一樣。我知道那是愛。」

「……噢。」他略應了一聲，把菸放到嘴邊，吸了幾口，然後一口氣徐徐地吐出。

「你為什麼知道我媽有那種病？」我問。

「……猜的。」他說，「我和妳母親共事很多年了，每天見面，多少也有察覺不對勁。我本來不確定是不是心理上的疾病，但聽妳今天那樣問，我多少也就懂了。」

我看見眼前因為他吐出的霧而變得朦朧，同時鼻腔裡沁滿菸味。

沉默半晌，他又問：「……那麼，妳不問我為何願意住進這裡嗎？」

「用想的就知道了。」我望著煙霧消散後逐漸清晰的夜色，「因為你們口中的愛情啊。」

我垂下眼瞼，嘴上說著嘲諷的話，卻一點也笑不出來。他似乎聽出我話裡的苦澀，沒有打斷我對母親的嘲笑。

「妳說話的口氣，很不像高中生。」他望著我，意味深長地說道。

「那又怎樣？」我撇撇嘴，「每天沉溺在這種噁心的小情小愛裡面，你們才不像是大人。」

他似乎被我這句話堵得無話可說，沉吟一陣才緩緩開口：「……妳討厭青琳嗎？」

「當然不是。」我抬起眼，看著他，「我幹嘛討厭自己的媽媽？」

「可是妳的態度……」

「竟然被你轉移話題了。」我瞇起眼睛，冷冷地望著他，「所以說，明知道得不到她，卻還愛她的原因是什麼？」

楚念軒陷入了很長的沉默。

「……沒有為什麼。」他說。

「知道嗎？你現在這個樣子，看起來真的蠢得沒藥醫。」

他似乎對我這句話感到很詫異。

「愛情真是讓人變得盲目的毒藥呀。」我翻了個白眼，轉過身，緩緩離去。

楚念軒直到最後一刻，都沒有再開口。

離開陽台後，我走向母親的房間，連門也沒有敲，直接走了進去。

「我，還是楚念軒，媽媽妳選一個吧。」望著母親，我劈頭說道。媽媽很是困惑，「啊？什麼意思？」

「如果楚念軒真要住在這兒，我就搬去奶奶家。」

「咦？為什麼？」

我沉思一會兒，最後說道：「我討厭楚念軒。」討厭他那蠢到沒藥醫的樣子。而且，我已經受夠了——受夠了每天應付母親那些白日夢的日子。

何況，現在家裡多了一個人與母親一起作夢，我能預想到自己未來日子會有多辛苦。反正現在家裡有他，他那麼愛媽媽，想必不可能讓她做出什麼傻事。

——這些，全都不是真的。我知道，我只是在找藉口說服自己。

「是嗎？」母親垂下眼瞼，似乎想起什麼，重新望向我，「巧嘉，媽媽知道妳一直覺得我生病了。」媽媽盯著我，「媽媽這段時間真的很累了。我試過好多次，和妳分享我對那個人的愛、也給妳看過很多他在節目上對我偷偷告白的影片了……但妳現在還是不相信媽媽，對嗎？」

「對。」我答得很果決。

母親嘆了口氣，眼神裡盡是頹喪。

「雖然如此，我還是愛妳的，媽媽。」我說道。眼睛發酸。

媽媽聽到這句話，表情卻沒有什麼變化，依舊苦著一張臉。我忍不住苦笑，心裡泛疼。

「既然如此，巧嘉妳搬去奶奶家也算是好事。」媽媽勉強扯出一抹笑容，「和妳在一起，媽媽會覺得很累的。」她把話說得很絕，接著又說道：「現在有了念軒，妳也覺得很不習慣吧？」她似乎想給我一個台階下。

我聽了，只覺得心臟涼了一大半。

我微笑道：「當然。我明天就搬吧。畢竟我真的很不習慣啊……」說到最後，我忍不住笑出聲來。

母親別過目光，沒再看我。我轉過身，走回自己的房間。

關上門的那一刻，眼淚止不住地落下。

母親愛著一個她虛構出來的男人。甚過我。

——鼻腔裡似乎還殘存著男人的菸味。

真夠討厭。

＊＊＊

我的行李很少，只有裝著衣物的一大個環保購物袋，還有另一個平時就時常使用的後背包。我站在家門口，母親以一種複雜難辨的眼神望著我，我直到拉開最後一道鎖，才下定決心似地轉過身，舉起手向她道別。

母親微微撇過頭去，像是不知道目光該擺在哪兒，只好緊緊盯著牆上那些她收集多年的高鵬照片。我抿住唇，右手舉在空中，很快就痠了，可是我仍不願就此放下。

我很清楚，我這一走，對這段母女關係的意義是什麼——那代表著疏遠、代表著保持距離……而且沒有期限，就像無期徒刑，可能提早假釋，卻也有可能終生監禁。

至少在這些種種可能發生以前，我想和養育我十七年的母親，好好說聲再見。

我看著始終不發一語，甚至不曾正眼看我的媽媽，從心底翻攪出一股無奈。我放下已經發痠的手，我的手臂頓時像是有什麼沉澱堆積，泛開一股痠麻的異樣感覺。就像我對母親此刻的感受。

我轉身踏出門外，說服自己不要再回頭。我聞到公寓樓梯間熟悉的味道，不曉得是不是錯覺，今天的那種味道似乎更濃了。這種味道像是一種印記，「家」的印記。

過往我挺反感這種味道的，像是水泥混著油漆，又汙濁又刺鼻，然而我此刻卻覺得，這座樓梯間裡的味道，成了我的餞別之禮。

或許，我多年以後會忘了自己還有一個家可以回去。

儘管如此，只要哪天我又在哪棟公寓裡聞到這股味道時，我就可以想起：我還有一個媽媽、我還有一個家……哪怕我再也回不去。

我踏出步伐，一步一步走下階梯。過往走得再倉促不過的台階，此刻卻在我腳下徘徊不去。

終於，我踩下最後一階，一轉眼到了平地。我望著眼前的公寓大門，只能嘆口氣，最後輕輕打開大門。

映入眼簾的是陽光，還有映在一張英俊臉龐上的笑意。

我微微一愣，「……楚念軒？」

「我載妳去。」他說，「雖然我知道妳不喜歡我。但……畢竟是因為我，妳才想離開的，就讓我盡點義務吧。」楚念軒一邊說，一邊揮動著自己手上的車鑰匙，看到那串鑰匙，我才意識到楚念軒真的是大人，和我這個連考取駕照都還不能嘗試的小女孩，完全不一樣。

「……不用麻煩了，楚先生。」我對他的稱謂默默地改變了，更顯疏離，但我想這也代表著更有禮貌，「請你不要誤會，我很早就想離開這個家了，只是怕我媽做傻事。現在有人替我看住她了，所以我可以一走了之，毫無顧忌。」

「……是嗎？」楚念軒的眼神裡浮出一絲懷疑，但他沒有多說，只是沉吟一陣，然後點點頭，「那妳路上小心。」

「請你好好照顧我媽。」我走近他，對他說道：「……如果她有任何異狀，拜託一定要通知我。哪天要是你想走了，也一定要先通知我，永遠不要讓我媽自己一個人跟幻想裡的高鵬相處，她一定會瘋掉。」我一口氣說了很多，直到說完，我才發現這些話裡的濃濃關心，和我剛才那些乍聽之下顯得疏遠冷漠的話語，根本自相矛盾。

楚念軒一定也發現了這點，因為他的臉上浮出了笑意。我垂下眼瞼，忽視他的笑。

「既然這麼擔心，又為什麼走？」他問我。

我抿住唇，很快又鬆開，「有時候離開不是為了自己，」我說，「而是為了對方著想。」

像是心虛，我很快地叮囑起下一件事情：「……有什麼事就連絡我、或是打到我奶奶家。電話號碼在電話旁邊都有用便條紙貼著。」

楚念軒只是輕輕地「嗯」了一聲，他似乎沒想追究我剛說的上一句話是什麼意思，為此我鬆了口氣。

——有時候離開不是為了自己，而是為了對方著想。

母親非常愛高鵬，甚過於我，所以我知道，像我這樣一直否定她的愛情，對她而言是種傷害。但是我無法說服自己陪她演戲，既然如此，我只好選擇自己離開，這樣她就不必成天面對我給她的傷害。

＊＊＊

其實，母親得到情愛妄想症這件事，並沒有醫學根據。

母親是在父親去世後，行為才開始變得詭異，對於高鵬的愛大約也是從那時變得有些極端。奶奶察覺此事以後，就不顧我媽的掙扎，帶著她逛遍大小廟宇，尋求神明的協助，但母親的狀況只是隨著時間越來越棘手。

因為奶奶從我媽小時候就很喜歡帶她去求神拜佛，無論是升學考試或是身體健康……只要能求的都求過了一遍，所以對於奶奶帶著她到處拜拜這件事，媽媽顯得沒那麼介意，也不覺得奶奶這麼做很奇怪。

但媽媽對我，可就不一樣了。

國小六年級那年，我透過網路上的文獻資料，推測母親是得了情愛妄想症。我知道這樣的推斷近乎武斷且愚蠢，但除此之外，我找不到更可能的答案，同時一籌莫展。

我曾經要求母親去看心理醫師，但深信自己和高鵬正在談戀愛的母親，聽見我這麼說，想當然爾，露出了震驚且絕望的眼神。

就是從那個時候開始，母親和我的關係就開始愈發惡劣了。

我也向奶奶提過，要帶母親去看醫生，奶奶當下賞了我一巴掌，說我小孩子不懂事，竟然說媽媽生病，根本大逆不道。

奶奶始終相信媽媽是被某些髒東西附身，無關乎醫學。這些年來奶奶到處求訪神明，甚至還曾跑去深山的廟宇，一階一階磕頭爬上去，還因此送進醫院（但她隔天就從醫院逃走，跑去找中藥店的人給她一帖藥，說自己只信得過中醫），只為了請神明讓那些髒東西從我媽身上消失。

我沒有爺爺，我奶奶一手拉拔我媽長大，也只有我媽這麼一個孩子——因此我的親戚可說是非常少，更別提有誰是能和我一起為母親狀況擔憂的人。我父親死後，我們家和爸爸那邊的親戚們也幾乎沒再連絡，只有逢年過節一起吃個飯。

所以，我從以前就是孤立無援，獨自一人為了媽媽而奮鬥著，想方設法讓媽媽去看醫生，然後再一次次地得到來自母親那近乎崩潰的絕望眼神。

我在黑夜中看著四周陌生的擺設，這裡是我奶奶的家，但老實說我沒來過幾次。我茫然地躺在奶奶身邊，盯著面前的一片漆黑，竟有種要被黑暗吞噬的錯覺。

母親堅持著她的愛情，卻讓身為女兒的我，孤獨奮鬥了十幾年的歲月……想到這裡，我突然覺得，自己就此離開母親無疑是種解脫。

——但那頂多也只是一種藕斷絲連的解脫。親情的羈絆並不是肉體上的距離變得遙遠就能夠一刀兩斷。

我閉上雙眼，眼前黑暗更甚，我試圖想一些令人愉快的事情，例如我快要展開自己的高二生活了——雖然高中生活很忙碌，但那能令我暫時回歸「小孩」的身分，而非「大人」……

『妳說話的口氣，很不像高中生。』楚念軒說過的話，驀然竄入腦海，然而比起聲音，最先浮現的反而是他手指夾著菸蒂，徐徐吐出白霧的模樣。

我翻了個身，鼻腔裡沒有記憶中的菸臭，反而是奶奶身上那股老人特有的味道，有些難聞，但至少……是人的氣息。

我就在奶奶的氣味裡，意識逐漸朦朧地睡去。

＊＊＊

「江巧嘉——我好想妳啊——哇，妳好像變胖了喔？暑假吃很好吼？」我才剛踏進教室，就被人抱了滿懷。

我噗哧一笑，「喂，尤妮妮，妳可以再誇張一點，哪有胖多少啊？還說我！妳呢？」

我伸手去搔她癢，她整個身體弓成拱狀，一邊吱吱吱地笑著，「不要再搔了！哈哈哈哈——夠了啦江巧嘉！」她一邊嚷著，臉上笑意卻始終沒有褪去。聽見她的求饒，我才笑著放開了手。

「好啦，不說這個，妳知道待會要開學典禮嗎？」尤妮妮一邊擦掉自己眼角的淚光，一邊微笑著問我。

我點點頭，「廢話，當然知道啊。」我擺擺手，接著把背在肩上的包甩下來，走向自己的位子，掛在椅背上。

尤妮妮跟著我走過來，一邊賊兮兮地對我笑著，說道：「偷偷告訴妳，我剛從朝會服務隊的同學那裡聽來的——聽說今天校長好像會請一個學生上去講話。」

「為什麼？誰呀？」我茫然地問。

「我也不知道是誰！不過聽起來很酷啊，不是嗎？就像少女漫畫裡面帥哥上台向學弟妹期許勉勵一樣！感覺就是帥哥——」

我忍不住苦笑，「尤妮妮，停，我不是說過了嗎？我對這個沒興趣。妳跟我講少女漫畫沒有用啦，何況我也沒看過。」

「哎唷！到底為什麼妳不看啦？這樣就少一個可以討論的人了……我們現在是少女耶！江巧嘉，妳太沒浪漫細胞了。」

如果妳人生將近十七年來都因為「愛情」而感到困擾，妳大概就不會這麼想了吧——我在心裡默默地想著，心中無奈更深。

「欸，那邊的同學，趕快出來集合喔！要去操場了！記得出來要鎖門。」一名面孔陌生的同學，朝著我們一喊，我和尤妮妮這才回過神來，趕緊應了一聲，然後乖乖地鎖上教室，跟著大家向操場前進。

升上高二的暑假之前，我們進行了類組選擇，我和尤妮妮選擇了一類組，然後又很幸運地在這學期被分到同一班。

現在班上所有學生裡面，我也就只認識尤妮妮，其他所有同學都是生面孔。

高一時我們總在學校朝會上又吵又鬧的，但因為現在站在身邊的同學都不熟，我們難得地靜下心來認真參與這場開學典禮。

就像從小到大參與過的每一場開學典禮一樣，先是司儀下指令，接著全校開始唱起校歌和國歌，然後就是大家最痛恨的校長致詞——

「快，江巧嘉，掩護我，我要睡覺了！」尤妮妮從背後踹了我小腿肚一腳，我吃痛擰起眉頭，惡狠狠地轉過去瞪了她一眼，只見她還真的閉起眼睛，開始找周公下棋去。

「以前的小高一，如今也升上高二了，要開始為了升學考試而煩惱了。今天，高二的韓宇森同學要為大家勉勵幾句，韓宇森同學的父親是我們學校的學務主任，平時為學校奔波忙碌，同時卻也教子有方，韓宇森同學從入學到現在，一直都是校排第一名——現在，就讓我們請他向大家分享一下唸書的技巧吧！」校長說得口沫橫飛，整個人亢奮激昂，一說完，他便迅速把麥克風夾在腋下，開始大力鼓掌。

台下昏昏欲睡的學生，一聽見有人鼓掌，立刻像是被按了什麼開關似地，沒頭沒腦地就開始跟著拍手，然後慢慢張開眼睛，看看究竟發生什麼事。

司令台左側很快地有一抹身影旋身而出。他穿著學校白色襯衫，襯衫熨燙得一絲皺褶也沒有，衣襬下緣一絲不苟地紮在制服褲裡，背脊挺得正直，渾身散發著一股俐落幹練的氣息。

他推推自己的眼鏡，從校長手上接過麥克風，略微確認了一下電源開關，這才微微一笑，把麥克風遞到自己面前。

就在大家屏息以待的此刻，他開口了，聲音伴隨豔陽直直傳來：「大家好，我是二年六班的韓宇森。今天，受到校長的請託，我要向大家分享的是念書方法。」

他頓了頓，聲線雖顯扁平，卻帶著無限從容，他巡視了台下學生一圈，緩緩地繼續說：「我想說的是，每個人都有自己最適合的念書方式，適合我的，不一定適合你們……」驀然，他的目光停在某處，突然定住。

他抿抿唇，重新開口：「能比別人提早找到屬於自己的讀書方式……這必須歸功於我的父親，也就是韓主任。謝謝我的父親，也謝謝所有盡心栽培我的師長，我會跟著同學們繼續努力，希望在高三的升學考試上能獲得佳績。」

我站在台下，一邊揉揉發酸的小腿，一邊漫不經心地觀察著韓宇森的一舉一動。他面對台下這麼多人，始終不曾露出緊張的模樣，反倒是臉上不時閃現些許猶豫，時而欲言又止。

他開始說起一些無關緊要的勉勵，我的目光跟著變得渙散——我抬起頭望向遠方，一片蔚藍的天空被學校建築剪得支離破碎，我站在操場，能夠看見學校最靠近司令台的大樓上站著幾位老師，有的正在講電話、有的則是趴在窗台上，默默聆聽韓宇森說的話。

以及，一抹身影吸引了我的注意——我有些詫異地盯著頂樓看，只見一名穿著制服的男孩雙手攀在欄杆上，看來大概是刻意翹掉開學典禮，他不時甩動手上的亮紅色外套——我看不清那名同學臉上的神情，距離太遠，可是我卻能確信他正緊緊盯著司令台上的韓宇森。

頂樓上的男孩，散發出的氣息，隱約有些熟悉。可是我卻始終想不出個所以然。

此刻，我以為自己、韓宇森和頂樓上的謎樣男子，緣分就僅止於這場開學典禮。卻沒有想過我們的人生，會在不久的以後，緊緊相絆纏繞，最後成為再也無法解開的死結。

***

在教室裡悶熱一整天，總算是捱到了放學時間。放學鐘聲一敲響，我和尤妮妮便很有默契地互看了一眼，然後迅速地整理好書包，一起走出教室。

經過一整天下來，班上同學從原本的互不相熟，到現在已經能喊得出對方的名字了。因此，看到我們準備走出教室時，幾個同學笑盈盈地向我們道別。

「巧嘉、妮妮，明天見囉。」同學向我們揮著手。

我沒有揮手，只是回予一抹笑容，雙手拉著自己後背包的肩帶，笑笑回應：「掰掰。」

和尤妮妮好不容易擠出人滿為患的校門口，我準備往左轉彎，卻被妮妮叫住：「咦？妳要去哪？妳家不是在這個方向嗎？」尤妮妮舉起手，指向右邊。

我一時不知道該怎麼回答，只是苦笑，說道：「呃……最近我住我奶奶家，我奶奶家要走這個方向。」

尤妮妮點點頭，「喔——那就不能一起走了耶，真可惜。」接著，她突然像是想到什麼似地拍了下手，說道：「欸，巧嘉，妳知道從這邊一直走過去，有一家7-11嗎？」

我點點頭，困惑地問：「我知道呀。我回奶奶家會經過，怎麼了嗎？」

「欸，放學時間、或是晚上的時候，最好不要進去那家7-11旁邊的巷子比較好喔。」尤妮妮突然語重心長地對我說道，細眉微皺。

我歪頭，「為什麼？」

「我聽我社團的學姐說，她之前去補習的時候走進那條巷子，竟然撞見有我們學校的學生在裡面抽菸耶！她說她那時候快嚇死了，對方看起來很兇，感覺不好惹。還說，幸好她很快就離開那條巷子，沒有被對方發現，不然說不定會被找碴。」

我有些意外，但還不至於驚訝，畢竟每個學校多少都有那種學生，國中時也不乏有這種傳聞。

我略微回憶了一下那條巷子，巷子很狹窄，裡面開了一家雜貨店，但是始終沒什麼人光顧的樣子，畢竟不遠處就有便利商店。

當然還有幾棟家戶，但一樓都拉上了鐵門，也不知道到底有沒有人住。很多車子找不到停車位就會開進去那條小巷違停，反正警察也不太會進去抓。總之，只是一條極其普通的小巷，頂多車子有點多，空間又窄，路人比較難通行而已。

「可是我如果要回家，就一定得進那條巷子耶。」我笑了笑，又說：「放心啦，我覺得那條巷子還滿正常的，沒什麼好擔心的。」我沒等尤妮妮回答，便轉過頭，走了幾步，一邊喊道：「我走啦，妮妮。」

尤妮妮反應有些遲緩，意識到我要離開，才綻開笑容向我猛揮手，「掰掰——明天見！路上小心喔。」

我忍不住莞爾。我喜歡的，就是這樣的生活。不是作為一個必須孤軍奮戰的「大人」，而是一個能和朋友聊天享樂的「小孩」。小孩可以做錯事，可以懵懂無知，更可以理直氣壯地沒有煩惱。

這樣一想，也許放學後不必面對母親、不必作回「大人」，是件正確的決定。

我走了約莫十幾分鐘，7-11亮眼的招牌突然映入眼簾。

我一心只想著要進去7-11買罐飲料解渴。直到我選好商品結完帳，準備走出商店時，我才赫然想起尤妮妮剛才說的話，不由得有些好奇，如果我現在走進旁邊這條巷子，會不會遇到她說的抽菸學生？

我站在巷口往外看了幾眼，感覺不像會發生什麼，於是我大膽地走了進去。

總覺得這條巷子今天比我記憶裡來得更長，路也更寬了，我走得順暢，腳步卻越來越快，我也不曉得為什麼，尤妮妮的那些話一直閃現腦海，我不慌張，情緒卻有些浮躁，好像自己要是不趕緊出了這條巷子就會窒息在這裡面似地。

這條巷子中間有一個小彎，我加快腳步，轉過那個彎——

最先反應過來的，是我的嗅覺。我聞到了一股嗆鼻的菸臭味，同時混雜著男孩子運動完時常噴的止汗劑味道，兩種味道混搭成一股刺鼻難耐的氣味。但我還來不及反應，就已走完了彎道。

隨著我的轉彎結束，撞入視線的是一抹亮紅，我下意識地瞇起眼睛——腦海霎時浮現早上典禮時看見的，頂樓上的謎樣男子。當時他手上揮舞的衣服，正是這種刺眼的亮紅。

我的呼吸霎時凝結，只見兩個男孩就在我面前吞雲吐霧。其中一人蹲坐在地，手指捻著一根菸，眼帶惶恐地望著我；另一個則是慵懶地靠在鐵門上，一發現到我，全身便瞬時變得緊繃，他默默地把手上菸蒂丟往地板，一腳踩熄，同時朝我投來目光。

他們兩個人都穿著制服襯衫，但是很率性地拉出衣襬，完全無視學校的服儀規定，頭髮更是高高梳起，露出兩人飽滿的額頭。

他們倆的眼睛緊緊地盯著我，有驚訝也有狠戾，各自帶著深沉的情緒。站著的那個男孩穿著亮紅色外套，有著一雙鳳眼，看起來既冷漠又難以親近，何況他不久前正在我面前抽菸，看起來更是生人勿近。——看起來，似乎真的不好惹。

我完全沒膽子再去看那個蹲在地上的人長得如何，我就怕他長得更兇神惡煞，更讓我害怕。

他們對看了一眼，似乎正在以眼神討論該如何處置我。我微瞠雙眸，心裡有一瞬發毛，但仍故作鎮定。

我重新邁開步伐，想要越過他們、直直走出這條巷子。

我知道我此刻應該轉頭就跑，但我要回家的話就一定得通過這條巷子，我只能硬著頭皮繼續走。說不定，看到我這麼識時務，他們根本就不會針對我。

眼見我就真的快要越過他們了，他們卻仍不為所動，只是死死盯著我看——我心中一喜，忍不住加快了步伐，想要趕緊離開。

然而，最後一刻，該死的好奇心使然，我重新看向蹲坐在地的男孩——我下意識倒抽一口氣。

「韓……宇森？」直到我聽見自己的聲音，我才赫然發現自己竟然將內心所想脫口而出。意識到這一點的時候，早已來不及阻止了。

身穿亮紅色外套的男孩一聽我開口，腳步飛快地走過來，倏然抓住我的手，用力一扯。

我重心不穩，差點跌倒，目光直直撞上他的眼睛。他的眼裡有怒火在燃燒，我心臟一緊，緊抿起唇，頓時噤若寒蟬。

我的目光，緩緩挪向那個蹲在地板上的男孩。他是韓宇森，絕對錯不了。

——老實說，依他現在這樣率性的服儀，還有正在抽菸的踰矩行為，我本該認不出他的。

一切都該歸咎於那件亮紅色外套——若非我因那件外套而聯想起早晨的朝會，進而聯想到韓宇森的相貌，我怎麼可能一眼就認出韓宇森？

因此，我此刻有些惱怒。氣自己幹嘛運氣這麼糟，偏讓我碰上這種事。要是我沒認出韓宇森，我早就順利離開這條巷子了。

「妳膽子很大。」抓住我手的那名學生這麼說道，用的是肯定句，「本想放妳一馬的，妳卻……」他講到這，下意識瞄了一眼韓宇森。

韓宇森臉上流露出一絲為難，「張久岳，你別刁難人家。」韓宇森說完，瞥了我一眼，「……她看起來不像是會把事情說出去的人。」

「韓宇森，你有病嗎？」身穿亮紅色外套、叫做張久岳的男孩，把手握得更緊了，我吃痛，眼角反射性地滲出淚光。

「她都認出你了！你不怕你爸知道嗎？到時候你是不是又嚷著要去死？」

此話一出，韓宇森竟是露出了無奈的神情，他苦澀一笑，「……我還以為自己已經跟死差不多了呢。」

我霎時瞪大雙眼。

此刻，韓宇森身上的氣息，就像是——面對母親時的我。我頓時愣在原地，連他們接下來到底說了什麼，都沒有認真聽進去。

我應該要慌張的，可是我現在除了驚訝，暫時無暇感受其他情緒……

「嘿，同學，妳叫什麼名字？」突然，韓宇森站起身，朝我走來，輕聲問道。

我愣然地回應：「……江巧嘉。」

他瞄了一眼我胸前的學號，開口：「妳也是二年級的呀。」我呆滯地點頭。

「抱歉，讓妳撞見不好的事情。」他說，臉上笑容更深，我卻覺得那抹笑容逐漸開始變質，變得……僵硬而虛假。

——就像虛偽的大人一樣。

「身為學務主任的孩子，我做了不好的示範，真的對妳感到很抱歉。」他的語氣帶著歉疚，可是卻不真實。這些，我都聽得出來。

看著那樣虛偽的笑容、那樣矜持的語氣——我的心底突然竄起一陣怒火。

明明我現在的身分是學生，為什麼我還要面對「大人」？韓宇森此刻的一字一句，全讓我想起平時那個孤軍奮戰、故作堅強的自己。我的內心生出一絲可悲。

張久岳忽然鬆開了手，只見他同樣憤怒地瞪著韓宇森，喊道：「喂，你幹嘛這麼低聲下氣的——」

「……你到底想說些什麼？」我按捺不住心裡的躁動，打斷了張久岳與韓宇森的對話。

我盯著韓宇森，「即使你不打官腔，我也不會把這件事說出去。」我頓了頓，略微猶豫一陣，最後選擇一口氣說完心裡的話：「你不必這樣對我說一些冠冕堂皇的漂亮話，或是露出那種制式化的笑容——別忘了，說與不說，嘴巴長在我臉上，選擇權是在我手上的。你只想靠這種漂亮話保住祕密，我只覺得你很沒誠意，敷衍透頂。這完全不是求人的好方法。」

眼前的兩人同時愣住。

最先反應過來的是張久岳，他突然一拳揮過來——我反射性地往右一偏，在千鈞一髮之際躲過了攻擊。我看見自己的髮絲因此在空中飛揚，可見張久岳出拳的速度多麼快狠準。

我瞪大雙眼，怒意高漲地瞪著張久岳——「怎麼了？我有說錯什麼嗎？現在選擇權的確在我手上。」我的語氣越來越惡劣，我卻無法控制。看著張久岳和韓宇森，就像面對母親。

我從沒想過會把事情搞到這種境地，我明明只是想安然走過這條巷子，現在卻站在這裡和兩個男的針鋒相對——狀況已經完全失控了。我的情緒也同樣失控了。

像是此刻才回神，韓宇森語氣慌張：「喂，張久岳！你做了什麼？」

張久岳回過頭去看他，「這女的太欠揍了！」

我的手緊緊攥成拳狀，瞪著張久岳的側臉。

韓宇森看了我一眼，嘆口氣，說道：「你別這樣啦！」他頓了頓，眼神轉為幽暗，「何況……她說的沒錯。」

我微微一愣。

「抱歉，我朋友脾氣太衝了……希望妳沒生氣，雖然妳似乎已經生氣了……總之，抱歉。」他一邊說，一邊伸手去扯張久岳的衣袖，「走了啦。時間不早了，快到我家門禁時間了。」

張久岳撇撇嘴，狠狠瞪著我，「就這樣放過她？她會說出去的！」

「我……」他有些猶豫，最後像是下定什麼決心，果斷開口：「我相信她不會的。」韓宇森意味深長地望著我。

他的一雙眼睛就像夜空，那麼黑暗深沉。我的心跳有一瞬失速。

張久岳愕然地望著他，「喂……」

「我真的相信她不會說出去的。」韓宇森拉著張久岳離開以前，他重申道。

像是魔咒，韓宇森這句話緊緊依附在我的心上。

——我們三人的世界像是三條平行線，然而此刻正在悄聲歪曲軌道，像是隨時都會交疊在一起。

＊＊＊

離開小巷，越過幾條馬路，我終於回到奶奶家。一進門，我還在脫鞋子，就聽見坐在客廳裡看電視的奶奶問道：「怎麼這麼晚？」

我抬起頭來看了她一眼，微微一笑，「沒事啦。」此時，我的心臟仍是跳得厲害——剛才的一切都發生得太迅速，當下我來不及感到緊張，直到現在踏進家門才有點後怕。

我剛剛根本是豁出去了。竟然對韓宇森和張久岳說那種話——我明明就沒想過要與他們起爭執的，可是當我想起韓宇森臉上那虛假的笑容，我又突然覺得自己剛才說的一切，根本一點錯也沒有。

奶奶只是淡淡地說：「趕快去洗手吃飯了。」我點點頭，答了一句便匆匆脫下鞋子，進到屋內。

我和奶奶之間，感情算是非常淡薄，何況以前曾被她賞過一巴掌，雖然奶奶大概沒放在心上，但我自己心裡多少有些疙瘩，所以和她相處起來總有些尷尬。

老人家的生活很規律，非必要時我不會去打擾她，同時她也不會有什麼事需要我幫忙。我們彼此算是互不干擾，生活起來沒什麼麻煩之處，除了一起吃飯，偶爾一起在客廳吹冷氣、看電視以外，我們的互動也僅止於噓寒問暖。比起以前與媽媽住在一起，真的平靜太多了。

奶奶其實對媽媽身上的「髒東西」很害怕，所以即使心疼媽媽，也從來沒有過要一起住的想法，她只是讓身為孫女的我去照顧媽媽，若有什麼突發狀況再互通電話。

我知道奶奶因此而對我感到有些抱歉，所以她當初聽說我要搬來的時候，幾乎沒什麼考慮，就向我表示她沒有意見。

坐在餐桌上，奶奶突然開口說：「巧嘉，妳……還是常常回去看妳媽吧。」

我一詫，「……什麼？」

「妳媽一個人住，我不放心。」奶奶夾了一口飯，放入嘴中咀嚼。

奶奶並不知道楚念軒的存在——即使知道了，大概也放不下心吧？畢竟楚念軒是外人。

我突然覺得，丟下母親一走了之的我似乎顯得有些可惡。

但我並不是放心媽媽一個人住，更不是因為相信楚念軒真的會好好照顧媽媽，會選擇離開，單純是我不想再繼續刺激媽媽。

像我這樣一直否認她的戀情，她只會越來越痛苦罷了。與其繼續待著互相折磨，我寧可像現在一樣默默地掛念她。——看似冷漠，但這就是我愛母親的方式。

「……我知道了。」我垂下眼瞼，乖順地答好。

我和奶奶的對話就這樣結束了，一直到吃完飯，奶奶回房，我們都沒再講過任何一句話。

七點時，我打開電視，準時收看高鵬主持的那個節目。自從上次公布交往消息以後，高鵬沉默了很久都沒再提過感情方面的事情，有記者問他何時結婚，他也只是笑笑地說目前還沒有結婚的打算，順其自然就好，請外界不要給予太多壓力。

為此，我鬆了一大口氣，就怕媽媽又受到刺激，做出比跟男人同居還要更瘋狂的舉動。

看完電視後，我走到廚房洗碗。我洗著水槽的盤子和碗筷，雙手沾滿泡沫，心中像是有一顆大石壓著，沉悶的感覺很不好受。

好不容易甩開了與奶奶相處時的尷尬和鬱悶，卻又有另一件事竄入腦海。

——今天在巷子裡發生的衝突，再度回想，心裡還是不由得發顫。張久岳那狠戾的眼神，像是隨時要衝過來把我打得滿地找牙。我沾滿泡沫的手不自覺撫上臉頰，想起今天張久岳那一拳，要是我躲得再慢一些，現在我的臉大概會腫得慘不忍睹。

隨即，我又想起了韓宇森臨走時說的話。他說，他相信我不會把祕密說出去。

在腦海裡揮之不去的，除了那句話，其實還有另外一件事——當時，聽到那句話的張久岳，露出的神情也同樣讓我印象深刻。

我一時之間卻說不上來那是什麼樣的神情，似乎摻雜一些失落，同時也有惱怒。

我搖搖頭，叫自己別再多想。

我希望我和他們兩個的糾葛就到此為止，不要再與他們有所牽扯。

我打開水龍頭，流水嘩啦嘩啦地沖掉泡沫，我把手放在水流底下跟著沖洗，心中暗自希望就連心中那些煩惱都能就此流去，無論是母親的事情，還是韓宇森的事。

＊＊＊

隔天一早，我一踏進教室，就有不少同學跟我打招呼。我微微一笑，覺得學校生活正在慢慢步上軌道。也許，昨天那件事只是一件微不足道的插曲。

尤妮妮比我晚到，她來的時候一如既往地給了我一個大擁抱。然後我們倆就像高一時那樣，拿著早餐坐在前後座聊天。

「話說，巧嘉妳為什麼要住奶奶家啊？」尤妮妮咬了一口火腿蛋吐司，一邊咀嚼一邊問道。

我微微一愣，拿著漢堡的手頓了一下，心裡忖度著該如何回答才好。

猶豫半晌，我才心虛地開口：「……我媽有同居人了。我不想打擾他們的兩人世界，所以我就搬出來了。」字面意義上，我並沒有撒謊，只是沒說出實情罷了，但我心裡還是對尤妮妮有點歉疚。

「真的假的？」尤妮妮張大嘴巴，「哇！那妳媽會跟他結婚嗎？他會變成妳繼父嗎？」尤妮妮眼裡閃著光亮，語氣亢奮地問。

我苦笑，「我想……暫時是不太可能啦。」

「是嗎？」尤妮妮竟露出沮喪的神情，下一秒又像是想到什麼似地大喊了一聲，一臉歉疚地問：「對不起啊巧嘉，妳應該討厭他吧？我這樣問，是不是很過分？」

我微微一愣，意識到她在說什麼以後，忍不住噗哧一笑，「妳很呆耶！我才沒有……」說到這裡，我整個人一僵，接下來的話並沒有說出口。

我想說的是，「我才沒有討厭他」。

我以為我是討厭楚念軒的，畢竟他就像母親一樣，篤信愛情那種幼稚的東西，甚至願意成為母親的利用對象。我當下是非常鄙視他的，可是我現在卻發現，自己並沒有如想像中那樣，對他那麼厭惡。

「蛤？沒有什麼？」尤妮妮又咬了一口早餐，歪著頭問我。

「……沒事啦！吃妳的早餐！反正妳沒有問錯話，我也不會受傷，不要擔心。我只是覺得他跟我媽的關係還沒有到論及婚嫁的地步。」

尤妮妮傻笑著點頭，「那，如果妳媽跟他有新進展的話，記得要告訴我！愛情故事我最愛聽了！」

我無奈一笑，「好啦，我會的。」說完，我咬了一口漢堡。

「話說，跟奶奶住在一起應該還不錯吧？」尤妮妮問，「像我每次回我阿嬤家呀，阿嬤跟阿公都會塞很多零用錢給我，妳也知道我媽超小氣的，零用錢都給超少，害我都不能買愛情小說，所以每次我都超喜歡回阿嬤家！不但有阿嬤的拿手菜可以吃，還多了買書的錢！總之，我阿嬤真的超疼我的。」尤妮妮一邊說，一邊露出燦爛的笑容。

原來別人家的奶奶，都是這樣的嗎？我頓時茫然，只能勉強笑笑。

——驟然，我想起昨天韓宇森的笑容。我此刻牽強的笑容，是否也跟韓宇森一樣？

每次遇到家庭的話題，我總是笑得很勉強，成了凡事都在偽裝的「大人」。這樣的我，究竟有什麼資格說韓宇森虛偽？

到頭來，無論我現在多麼像個孩子，那也都只是「像」。我假裝成孩子，但其實我終歸還是大人，總是比別人承擔著更多的傷心與無奈，不能像小孩一樣原地哭泣，只能帶著虛假的笑容，一直往前走。

也許，我昨天會對韓宇森的話感到那麼憤怒，是因為我在他身上看見了自己的影子。

「咦？那個人是……」突然，尤妮妮的目光不知飄到哪去，語帶困惑地說著。我好奇地跟著她的視線看去，只見教室外站著一個男同學。

看見對方，我整個人愣了一下。還沒等我反應過來，就見張久岳直接走進教室，筆直地走向我——隨著他的腳步迅速接近，我的心跳跳得猛烈，我慌忙站起身，手上的漢堡都還沒收回紙袋裡就被我失手甩到桌子上。我抿住唇，強忍住從心底竄上的驚惶——

張久岳突然跑進教室，同學們都嚇了一跳，紛紛圍到一旁看個究竟。

最後，張久岳停在我面前，我嗅到他身上殘存的菸味，忍不住皺起眉頭。他語氣不善，開口說道：「跟我出來一下。」

仗著旁邊有這麼多同學，我雖然緊張，還是故作鎮定，因為我相信他不會敢在眾目睽睽之下對我做什麼，於是我挺起胸，說道：「有什麼事在這說就好。」

他的鳳眼微瞇，似乎對我的回答甚是不滿。我的心臟因為他瞇眼的動作而噗通跳著，渾身細胞彷彿都因為緊張過度而停止運作似地，害得我渾身僵硬。

「妳最好想清楚再說話。」他突然湊近我的耳畔，帶著煙味的氣息與搔癢的觸感襲了上來，我忍不住縮起脖子，緊緊皺著眉。他又繼續說：「否則我可不知道自己會做出什麼事。」

我一愣，忍不住抬眼瞪他。

用暴力手段威脅別人，未免太低俗。

我正想拒絕，卻瞥見坐在一旁的尤妮妮已經被嚇得目瞪口呆。

要是我現在就在這跟張久岳起爭執，尤妮妮不只會擔心我，更一定會在事後追問我到底發生什麼，不得到答案絕不肯善罷甘休——到時，我要麼撒謊，要麼只能把韓宇森的祕密告訴她。

前者是我完全不願意做的事，後者更是。

——『我真的相信她不會說出去的。』我的腦海裡不禁浮現，韓宇森說這句話時信誓旦旦的模樣。

想到這裡，我嘆了口氣，對張久岳說道：「……好，我跟你走。」

張久岳這才退開點距離，轉過身，直直地走出教室。

我轉頭對尤妮妮露出一抹要她放心的笑容，接著才匆忙追出去。

「妳覺得，我該相信妳會保守祕密嗎？」張久岳一見到我走過來，劈頭就問。

我咬著唇，很快鬆開，語氣同樣不善：「不相信的話，你想怎麼樣？用暴力封住我的口？」

張久岳聽聞，露出一抹笑容。我微微一愣，這還是我第一次看到他笑，本就狹長的鳳眼此刻因笑意而略彎。我竟覺得他這樣的表情看起來容易親近多了。

猝不及防地，我的手心被他塞了什麼——我愕然地攤開自己的手掌，只見手掌上躺了一個菸盒。上頭印著相關警示，還放了一張驚悚的照片，是一顆肺黑了一大半，上頭還寫著吸菸有害健康。這是我第一次這麼近距離看到菸盒，何況事發突然，我不由得愣住。

突然，我聽見張久岳笑出聲來，我抬眼望去，只見他拿著手機，鏡頭正對著我——我迅速意識到他正在拍我，我趕緊抬起手把自己的臉遮住，可是已經來不及了。他把手機轉過來，讓我看他的「傑作」，裡頭的女生手裡正拿著菸盒，而且表情看起來竟是從容不迫，好像很熟悉這件事似地——我抿緊唇，憤恨地瞪著張久岳。

我以為他是只會用暴力解決問題的不良分子，現在才認清他不只會使用暴力，還愛耍小手段。

「現在妳也『抽菸』了。」張久岳笑著說，「妳要是把韓宇森抽菸的事說出去，甚至是告狀，被我知道的話，我就會把這張照片公開，告訴老師妳都在學校裡抽菸。」他頓了頓，又說：「妳指控韓宇森抽菸根本沒有證據，老師不會相信妳；可是妳抽菸這件事，卻有我的照片為證。妳覺得，指控一個品學兼優的好學生抽菸而沒有證據，以及指控一個罪證確鑿的普通學生有抽菸，老師們會相信哪個？」

我心底有一股火整個竄上來，我把菸盒用力扔往他的胸膛，破口大罵：「你有病啊！我說過了不會講出去就是不會講出去！你這樣威脅我，我只是更想講而已！我到底為什麼要幫你們這種人保守祕密啊？」我覺得張久岳真是幼稚至極。

張久岳只是笑了笑，「妳嘴巴上說說，我就得相信？我只是想留個後路，免得妳的嘴巴不牢靠。」

「那你有沒有想過，我可能根本不在乎？」我瞪著他問，「如果我不在乎自己的名聲，即使被老師記過我也無所謂呢？這樣我還是會說出去的。」

「不可能的。」張久岳斂去笑容，意味深長地說著。我微微一愣，「什麼？」我幾乎是氣壞了，音色顯得顫抖而破裂。

「抽菸代表的不只是字面上的意義，同時也表示妳在大家眼中的形象轉瞬變成『壞學生』。從此，善良的江巧嘉就不見了、毀滅了。」他說，「如果可以安穩生活，沒人會選擇自取毀滅。」

我一愣，怒火頓時被澆熄——我總覺得，他這話裡有著弦外之音，他臉上的表情很認真，像是在對我說話，卻更像自我嘲諷。

就在我這短瞬的驚訝期間，他邁開腳步，轉身走遠。

我看著他的背影，想要叫住他，卻發現自己也不曉得叫住他以後還能說些什麼。

無論狀況怎麼改變，我同樣不會洩漏祕密。我曾信誓旦旦地告訴韓宇森他們，自己不會說出去，那麼我就不會說。

然而，這樣的選擇，乍看之下竟好像是屈服於張久岳淫威之下的結果，意識到這點讓我渾身不舒服，我完全不想屈服於那種人，突然有種要是我不把祕密說出去，就等於是認輸一般的感覺。

我雙手緊緊攥成拳狀，轉身正想離開，赫然發現剛才那個菸盒，被我扔向張久岳以後，現在還躺在地板上。

我盯著那個菸盒良久，心情複雜，這個菸盒讓我想起許多事，包括媽媽說高鵬喜歡抽菸，還有楚念軒那晚趴在陽台上抽菸的模樣。

『如果可以安穩生活，沒人會選擇自取毀滅。』張久岳的話在我腦海裡縈繞不去，我聽見這句話，想起的卻是母親。

母親愛上一個自己構想出來的男人，篤信自己擁有一段轟轟烈烈的愛情，她將自己的泰半人生全花在幻想。這何嘗不是一種自取毀滅。

但是，如果可以安穩生活……的確，沒人會想選擇毀滅。

明明她是我的母親，我卻對她的想法一點也不清楚。也許，她是有什麼原因，才決定選擇毀滅。而我身為她最親近的人，對那個原因卻全然不知，只是不停地否定她、傷害她。

我蹲下身，把菸盒從地上撿起，菸盒表面是滑順質地的包裝，老實說還挺好摸的，我忍不住多摸了幾次。

我將菸盒小心翼翼地收進我的口袋裡，同時想像著，也許待會走在路上它會突然掉出來，然後我會得到路人們詫異的目光，甚至還會遭到師長的誤會。

但那都無所謂，就像我對張久岳說的，其實我什麼都不在乎。

我會堅持保守祕密，單純只是因為我不想違背自己的諾言，絕對不是因為我害怕自己的形象被張久岳那張照片毀滅。

畢竟，我本就不是個多麼善良的女孩。

我是個連親生母親都能夠肆意傷害的人——這樣的我，本來就算不上多善良。

所以，我根本不在乎。本來就沒有的東西，根本不必害怕失去——我本就不善良，又怎麼會怕善良被毀滅？

想到這裡，我竟覺得自己有些可悲。

＊＊＊

回到教室裡，尤妮妮果然抓著我問個不停：「喂，到底發生什麼事了？那個人看起來好兇喔——」

我無奈地笑了笑，「沒事啦，他只是來問我一點問題。剛才已經解決了，不是什麼大不了的事情。」我摸摸她的頭，試圖安撫她的好奇心，希望她不要再繼續問下去，否則我真的不知道該怎麼回答。

幸好，她看我為難的樣子，似乎也看出這件事不方便多說，於是她摸摸鼻子，繼續回到座位上吃她剛剛還沒吃完的火腿蛋吐司——我去了這麼久，她早該吃完的，看來大概是真的很擔心我，連早餐都忘了吃。

我忍不住就對尤妮妮有些過意不去，明明是朋友，我卻什麼都不能告訴她。但至少我從不對她說謊，頂多避重就輕。

上午的課，我上起來都有些恍惚，腦海裡不斷閃現韓宇森與張久岳說過的話。

老師站在講台上講解複雜的數學公式，四周同學埋頭奮筆疾書，只有我連筆都沒拿，右手不自覺探入口袋，摸著那枚菸盒的包裝。

天氣正熱，摸著那包裝的冰涼正是適合，我就這樣把玩著那枚菸盒好幾節課，精神也渙散了許久。

直到中午尤妮妮不斷叫我，我才懶懶地看向她，問道：「幹嘛？」

「有人找妳耶。」尤妮妮歪頭說道，「妳今天怎麼這麼忙？」

「找我？」我愕然。該不會又是張久岳那傢伙跑來找我麻煩吧？是怎樣？打算三餐來提醒我要保守祕密嗎？

到底韓宇森抽菸這件事被說出去會有多大後果，還勞煩張久岳大熱天一直來找我？

我一邊在心裡腹誹著，一邊走出教室，卻見一名服儀整齊、站姿端正的男孩站在那裡，噙著淺笑望著我。

是韓宇森。好啊，現在是換人來威脅我就對了？

我正想要開口，卻被他搶先：「對不起。」

我本來是準備來吵架的，聽到這句話不由得愣住。他向我鞠躬，繼續說：「還有謝謝。」

「……什麼？」我茫然地問。

「經過昨天妳的那些話……我才發現，自己真的都是一直用敷衍的態度對待每件事、每個人。」他一臉認真，我卻聽得一頭霧水。

他望著我，眼鏡底下的眼神認真，繼續說著：「我成長的過程就像數學公式一樣，只要照著公式去走，就一定可以得到完美答案。」他頓了頓，垂下眼瞼，最後說道：「我卻沒想過，有一天會有人告訴我，我其實是在敷衍一切。這是我以前從沒想過的。」

他突然開始真心大告白，我整個人愣得不知道該說什麼才好，只能靜靜聽著。

「所以，謝謝妳。同時我也為張久岳所做的事情感到抱歉。他和我不一樣，對每件事都很用心，所以才會那麼莽撞。」

聽到這，我再也忍不住了，「用心？莽撞？——你確定只是莽撞而已嗎？」我拔高音調，「你這趟來其實只是想幫他說話吧？我告訴你，沒必要！」我本來沉澱下來的怒氣，因為韓宇森一臉好像什麼都不知道的清白樣子而重新捲了上來，我忍不住就越說越大聲。

韓宇森聽了，臉上浮現驚訝的神色，嘴巴微張，似乎想說些什麼，可是一直被我打斷。心煩意亂的我完全不想停下來讓他辯解，我只想一口氣把話說完：「管他要用那張照片誣陷我還是怎樣，我也不想管了，反正我就是不會說出去，時間會證明我的信用，希望你們兩個以後都別來找我，我很困擾！」

我完全不懂現在他們是在演哪齣，是想要軟硬兼施嗎？一下暴力威脅、一下抓我把柄，現在又讓韓宇森來對我低聲下氣地道歉——我現在怒不可遏。

韓宇森面色震驚，良久才吐出這麼一句話：「……照片？什麼照片？」

我這才發現，韓宇森似乎並不是假裝的，他是真的什麼都不曉得。

我頓時有些茫然，經過半晌才反應過來，「……你不知道照片的事情嗎？」

「張久岳他來找過妳嗎？」韓宇森臉上的訝異很快斂去，他緊皺起眉，問道。

我點頭，慢慢開始相信他是真的不知情。

「——對不起。」他又向我鞠了一次躬，「除此之外，我真的不知道該說什麼。我代替他向妳道歉。我保證，他再也不會來打攪妳了。如果他又來，請告訴我，我會處理的，對不起。」

聽他一直向我道歉，我一時不知道該怎麼回應，本來的怒氣也消了大半。

我問：「你幹嘛替他道歉？對不起我的人是他。」

「他是為了我才來找妳麻煩的，是我對不起妳……」韓宇森弓著身子，頭低得我看不見他的表情。

我想起昨天，他微笑著向我道歉，說他身為學務主任的兒子不該以身試法，做出逾矩的行為。當時他的笑容非常虛假。

可是現在，無論是他話裡的懊惱，還是正在顫抖的身子，都讓我看不出一絲破綻。我不確定他到底是演技太好，還是真的如他所說的對我感到很愧疚。

「……你快點起來。」我嘆口氣，說道：「我是不知道為什麼昨天那件事有必要讓你們兩個這麼慌張，就算是學務主任的兒子，只不過就是抽菸——你們倆那麼慌張的樣子，甚至不惜耍那種下流手段，未免太大費周章了吧。」

我頓了頓，又說：「我看你應該聽得進人話，那我就再聲明一次，我承諾過不會說出去就是不會說，拜託你們不要再來打擾我了，我被你們這件事弄得很心煩。我也不需要什麼道歉，我只想要平靜的生活。」

「……我知道了，巧嘉。」

聽見他喊我名字，我整個人一愣，我呆滯地望著他。只見他露出苦笑，又說：「這件事的確對我影響很大，我知道妳沒辦法理解我們為什麼如此慌張，但是……總之，我相信妳，真的。也希望妳明白我今天的道歉，全都是真心的。」

我默然一陣，才緩緩地點頭，「好，就這樣結束。別再來找我了。」

韓宇森離開前又向我鞠了一次躬，臉上帶著歉意。我面色自若地揮揮手，看見我的反應，他似乎終於釋懷，直起身子朝著我露出一個燦爛的笑容。他的眼底閃著亮光，那一瞬間我被光亮晃得張不開眼，只能俐落轉身，為這段對話畫上句點。

我以為我的生活可以就此平靜，卻在不久之後才發現寧靜不過只是暴風雨的前夕。

第二章：

靈魂

我被尤妮妮沒頭沒腦地拉著，一路狂奔。

我一邊跑一邊大聲問道：「喂！妳突然要帶我去哪？幹嘛這麼急啊！」她忙著跑下樓梯，沒空理我，我的滿腔疑問也因為得對付腳下階梯而硬是塞在心裡沒繼續問下去。

我們不斷地跑，直到「學務處」的牌子映入眼簾，我們才突然剎車。

但我們煞車其實還有一個更直觀的理由，那就是我們被擋住了。

滿滿的人群圍在學務處外面，擠得走廊水洩不通，我彎腰扶著膝蓋大口喘氣，一邊抹掉自己額頭不斷滴落的汗珠，我喘得連話都說不出來，只能瞪著旁邊同樣氣喘吁吁的尤妮妮，用眼神狠狠責備她。

然後我的目光不由得轉向人群，學務處究竟為什麼聚集這麼多人？要不是知道這裡是學務處，我還以為是熱食部的排隊人潮。

尤妮妮終於稍微喘過氣，一把抓住我，微喘著氣對我說道：「妳知道那個韓宇森吧？就是校排都第一的那個！他爸是學務主任的那個！」

聽到這熟悉的名字，我整個人僵住，突然有種不好的預感——我的目光投向學務處裡頭，雖然被很多人擋住了，但隱約看得見學務主任，以及一名男學生的背影。

我第一眼就認出來了，那個背影是韓宇森。

尤妮妮在我耳邊喋喋不休：「聽說有人跑去告密，說撞見韓宇森在學校外面抽菸！就是之前我跟妳說過的，在巷子裡抽菸的人！竟然就是他——妳不覺得很誇張嗎？」

我瞪大眼睛望著尤妮妮，吞了口口水，「妳說什麼？」我的音調近乎顫抖。

「剛剛他爸知道這消息，派同學去六班叫他到學務處，所以不少同學知道，吸引了一堆人來圍觀。現在大家都在看他爸會怎麼處置韓宇森。這麼經典的場景，怎麼能錯過！這都可以寫進校史了吧！」尤妮妮激動地向我解釋著，我的腦袋卻一片空白，完全無法思考。

驀然，我身後有道熟悉的男音響起：「該死。」那是極度懊惱且憤怒的語氣。我扭頭過去，只見張久岳緊鎖眉頭，直直望著學務處門內。

我嚥了口口水，趕緊把頭轉回來，就怕他發現我——我不知道自己為什麼要害怕，但我很清楚，在這種場合被看他看見，絕不會有好事。

然而，張久岳仍是發現了我，我從背後襲來的涼意就能感覺到——他的目光緊緊盯著我——倏然，我被他一把往後拉，我愕然瞪大雙眼，望著張久岳蒼白的面孔。

「是妳去告密的？」他的語氣帶著急促。

我幾乎沒轉第二個念頭，不停搖頭，「不是我。」

張久岳似乎根本沒在聽我解釋，他目光重新投向學務處門內。人滿為患的學務處門口頓時像是被他的火熱視線擠出一條道路——他緊緊箝著我的肩膀，筆直地往人潮裡面擠。

我頓時身陷人群中心，我能感覺身旁張久岳的呼吸紊亂急促。

「不好意思、不好意思……抱歉！」我低下頭不停地向旁人道歉，同時試圖想要掙脫張久岳的禁錮，可是隨著步伐前進，張久岳只是把我抓得更緊。我覺得我的肩膀大概會被他勒出紅痕。

轉眼間，我和張久岳就站在學務處外面，張久岳只是短暫停頓，像是在觀察裡面的狀況。我張望一陣，還來不及反應，就被張久岳抓進學務處。

韓宇森直挺的身姿映入眼簾。他的背影一如以往那樣，幹練俐落。似乎是剛修剪過頭髮，分布在後頸的毛髮看起來圓潤整齊。

他全身散發著一股從容的氣息，直到我看見他緊握拳狀的手，才意識到他此刻正陷入窘境。

那天在巷子裡的他不由得竄入腦海——儘管服儀不整、拿下眼鏡、甚至是手拿菸蒂，我卻還能夠一眼認出他的原因，似乎不只是那件亮紅色外套那麼簡單。

而是他的氣質。他的氣質給人一股從容徐緩的感受，像是什麼都不害怕，更像面對什麼都願意選擇沉默。

——可是在我眼裡，那種沉默，更像是壓抑般的將就。

就像面對母親時的我、就像面對奶奶時的我、就像面對在大人與小孩這兩者身分之間游移不定的自己。我對這個世界有太多埋怨，但我知道儘管說出口也於事無補，於是選擇什麼都不說。

不是因為對這個世界感到茫然才沉默，反而是看得太透徹，所以姑且只能保持沉默。看著這抹背影，我竟像是看見了自己。

學務處主任挺著圓滾滾的大肚腩，梳了一個古板油頭，金色圓框的眼鏡底下是一雙略為下垂的眼，蘊含深不可測的情緒，他的聲音幽幽傳來：「宇森，你想要一直保持沉默嗎？」他頓了頓，又低聲補了一句：「外面很多人在看。」

聽到最後一句話，我的皮膚倏然起了雞皮疙瘩——我打了個寒顫，不知道為什麼。

學務主任的語氣，聽起來不像憤怒，更不像沮喪。韓宇森的父親此刻的語氣竟是如此呆板僵硬。

彷彿韓宇森抽菸這件事，於他而言也不過是公事一般。

這讓我困惑。張久岳拚命地想要封住我的口，難道只是為了避免學務主任現在這種輕微的反應？

張久岳不知道什麼時候已然鬆開了抓住我肩膀的手，待我回神，就見張久岳走向學務主任——我倒抽一口氣，下意識踏出一步，想要抓住張久岳的衣襬，然而他的聲音搶先傳來：「是我做的。」

韓宇森嚇了一跳，扭頭過來震驚地望著張久岳。

張久岳從褲子口袋裡掏出一枚盒子，我馬上看清那就是菸盒。他把菸盒遞向學務主任，一臉平淡地說：「韓宇森沒抽菸，是我抽的。他只是跟我在巷子裡巧遇。」

「哦？」學務主任臉上終於透出一絲情緒，「繼續說。」

「韓宇森只不過剛好目睹我在校外抽菸。這沒什麼好說的，我不知道是誰搞了這種烏龍，但韓宇森沒抽菸就是沒抽菸。我相信告密的那個人，根本也沒有證據可以證明。」張久岳的聲音像是在壓抑怒火。

我在一旁聽得直冒汗，我能聽見學務處門外騷動更甚。大家紛紛探頭想確認究竟發生了什麼事。然而位在暴風圈中心的我，卻完全無暇思考現在究竟發生了什麼，我的腦袋鬧哄哄地，等我回過神來，我已站到韓宇森身旁。

學務主任下垂的眼輕輕瞥過來，我有一瞬震顫，但仍保持鎮定。腦袋的混亂使我單憑意識行事，這讓我非常懊惱。

但既然已站到這裡，我就不容許自己退縮，我開口：「主任，我是二年一班的江巧嘉。」我說，「很抱歉，我們擅自跑來這裡打斷你們的對話，但是我想問您，究竟有沒有證據可以證明韓宇森抽菸？」

學務主任目光沉著地望著我，眼神無波，「沒有。」

他回答得果斷，讓我輕輕一愣。學務主任這種平靜過頭的反應使我興起一股躁動。

「那請不要為難韓宇森。」張久岳的聲音低低傳來。

「我沒想過要為難誰。」主任笑了，皮笑肉不笑，「我只是想釐清真相。畢竟韓宇森是我的兒子，我有知的權利。何況我還是學務主任。」

張久岳一瞬停頓，「……那我就再跟你說一次，韓宇森沒有做什麼不好的事。」

「我知道了。」主任輕輕地笑出聲來。

他們之間的對話使我陷入茫然，我困惑地望向韓宇森。韓宇森一聲也沒吭，只是沉默。

「久岳，你抽菸的事情，姑且就當我沒聽見。」突然，主任開口。

張久岳身形一震，接著緊緊擰起眉頭，「我不需要你的『姑且』。」

韓宇森扯了扯張久岳的袖子，「……你別說了。」

「你們走吧，快上課了。」學務主任把手負在背後，不疾不徐地走回自己的辦公桌。對於張久岳說的話，主任恍若未聞。

韓宇森與張久岳沉默地對視，我站在他們倆之外，像是被一道無形的牆隔絕。

我不喜歡這種感覺。就像被母親用虛幻的一堵牆隔絕在外，不讓我進入她的心中，而她也從來無法踏進我的世界。

我跟著他們走出學務處，人潮短時間內散了不少，只剩下尤妮妮一臉擔憂地站在外頭，看見我走出來，她匆匆跑過來問我怎麼了。我搖搖頭，本想要解釋，卻見張久岳與韓宇森不停往前邁進。

我一時心慌，對尤妮妮說道：「抱歉，我還有點事要處理，待會再聊——」話還沒說完，我便心急地跑向他們。

尤妮妮在我背後不斷地叫我的名字，可是我無暇理會，我現在滿腦子只想著必須追上韓宇森。

「韓宇森、張久岳！」我喊道。

最先回頭的是韓宇森，他的目光含著微微的陰沉，他勾起笑容，「嗨，巧嘉。」

我看出他笑裡的勉強，我卻沒有生氣，反而心裡竄起一股未知的感受。他明明正在悲傷，為什麼要逞強？

張久岳也跟著回頭，眉頭仍是緊擰著。

我不曉得自己為什麼要叫住他們，彷彿這是一種非常自然的反應。我站在原地，直直地望著他們，腦袋亂成一片。

在這一刻，我想要知道所有關於韓宇森的事情。一切都太令人匪夷所思，包括韓宇森父親那淡漠到不可思議的反應。他們三人的對話明明就在我耳畔圍繞，我卻摸不透他們三人的思緒。

我排斥這種感覺，我想要掌握一切、我想要明白一切——

我想起奶奶賞過我的那巴掌，現在臉頰竟好像還火熱熱地燙著，那時奶奶破口大罵我小孩子什麼都不懂，可是我想要證明我懂，我想證明自己比大人還要聰明，我想證明自己比誰都更有資格守護母親。

所以，現在的我不甘於成為一個被排除在外的人。我想要接近核心，哪怕那是暴風圈也無所謂，我想要了解一切。因為不甘心。

「我可以知道嗎？」我問，聲音乾啞，問出口才發現自己有多麼愚蠢，於是低下頭。

但我仍是不甘心，只好再問一次：「……我可以知道嗎？」我的聲音細若蚊蚋。

「……妳想知道什麼，巧嘉？」韓宇森略帶遲疑的聲音傳來。

「所有。」我抬起頭，直直望入韓宇森那陰暗的眸裡，「關於你的所有。」

聽見這句話的韓宇森，有一霎的愕然。很快地，他眼裡浮出一絲笑意。這次不再是虛偽的笑容，而是真實的、淡薄的笑意。

韓宇森盯著我良久，才悠悠吐出這麼一句話——

「……巧嘉，妳是個很特別的女孩。」

上課鐘聲伴隨著他沁人心脾的聲音，緩緩傳來。恍如流入我心底最深處。

我盯著韓宇森良久，只覺得臉莫名地燙了起來。

眼角餘光瞥見張久岳緊擰著眉，他面有難色、鳳眼微瞇。我頓時想起當時在巷內，韓宇森說會相信我之後，他露出的失落神情。接著我又聯想起韓宇森站在司令台上時，張久岳在遠方盯著他的模樣。

腦袋打住的結像是瞬時被解開——我微張嘴巴，望著張久岳，心裡萌生一個微妙的臆測。

我們三人就這樣站在走廊上，默然對視。

***

回到教室的時候，已經上課將近十分鐘了。老師念了我幾句，我其實沒什麼在聽，心緒仍是停留在方才的一切。

老師終於放過我，叫我趕緊回座位上課。

我正要走回位子，馬上就看見尤妮妮充滿擔憂的眼神，同時裡頭還摻了一點嗔怪。對此我感到有些愧疚，我發現自己總是在忽略尤妮妮，明明她是我現階段最要好的朋友。

我向她露出一抹笑容，用唇語示意她認真上課，不必擔心我。

下課鐘聲一敲響，我馬上就站起身，直直走向尤妮妮的位子。尤妮妮以往聽見我的腳步聲，都會轉過頭來對我燦然一笑，此刻她卻紋風不動，只是背對著我，盯著課本發呆。

我猜她大概沒察覺到我正在靠近，於是我直接出聲：「尤妮妮。」

她身形一震，卻始終沒有轉過頭。我心臟啪搭一聲，有種不妙的預感。

然後，她終於轉過頭來了，同時站起身來。我鬆了口氣，揚著笑容望著她，但她只是目光焦灼地盯著我看，不發一語。

「……怎麼啦？」我問。

「這句話，應該是我要問妳的吧，巧嘉？」尤妮妮眉頭緊蹙。

我微瞠雙眸。

「……巧嘉，我知道妳有許多難以啟齒的祕密。朋友之間保持一點隱私，我都可以理解啊——可是妳知道嗎？我總是因為妳而緊張不安，妳被那個長得像混混的同學叫出去的時候、妳被人拉進學務處的時候，我從來都不知道妳發生了什麼，只是傻傻的一直為妳擔心。可是每次問妳，妳總是用幾句話就搪塞過去。」尤妮妮看起來是真的生氣了，臉色泛白，聲音越發顫抖。

我垂下眼瞼，「妮妮，對不起……」

「妳有沒有想過我的感受？妳可以保守妳的隱私、避重就輕我也願意理解，可是敷衍我、忽略我呢？我無法忍受妳這樣對我！」妮妮的聲音講到這，突然變得宏亮，也不再顫抖。像是原本的隱忍到此刻已然爆發。

「妮妮——」

「妳知道嗎？我跟妳聊天的時候，妳最常講的話永遠都是『別擔心啦』、『妳想太多了』……這會讓我覺得，妳根本就是把我的擔心當作多餘的。妳的眼神和語氣，永遠都像在說：妮妮，妳好幼稚喔。」尤妮妮瞪著眼說道，眼睛裡有水氣在打轉。

我猛然一驚。我有這樣嗎？我真的總是這樣對待尤妮妮的嗎？

「妳總是讓我覺得，妳把自己捧得高高的，把自己當作懂很多的大人一樣，對於我這種三歲小孩的關心，妳都當作比螞蟻還要小的存在。」

我的心臟倏然一震。我張大眼，望著尤妮妮臉上充滿悲傷的表情，一時之間竟不知道該怎麼反駁。

我無從反駁。因為我知道，尤妮妮說的，全是真的。

我總是將自己與尤妮妮相處的時間，視作自己暫時能回到小孩身分的珍貴時刻，卻忘了我早已失去天真的能力。因為我不甘被排除在外，所以我努力讓自己思考成熟一點、努力像個大人一樣去守護母親、努力想要了解母親更多……久而久之，我早忘了該如何重拾天真。

如此一來，當我和尤妮妮相處時，我只不過是「假裝變回孩子」。說話變得敷衍、對待尤妮妮的時候變得自視甚高……我演技太差，永遠都不能真的演好孩子的角色。

演不好孩子這個角色，被傷害的永遠都不會只有我一個，而是同時傷害了我的朋友。

『妳說話的口氣，很不像高中生。』楚念軒的聲音竄入我的腦海。

我從沒想過，成為大人的這個決定，除了傷害我自己以外，同時也傷害到我所珍視的朋友。

我的眼睛氤氳一片，我看不清眼前女孩的臉龐，我泫然欲泣，卻下意識努力忍住淚水——就連哭泣，我都不自覺變得小心翼翼。這讓我更加意識到自己的心靈，果然不再是孩子了。

我無法想像尤妮妮曾在我這裡得到多少落寞，我只覺得心疼。思及至此，我突然覺得自己好荒唐，忍不住笑出聲來——心疼？我連對待我的朋友，都像個大人對待孩子一樣……

我別開視線，摀住自己的臉，不敢再看尤妮妮，就怕自己不斷發覺自己一直以來的殘酷和冷漠。我扭頭就跑，直直跑出教室——

尤妮妮沒有叫住我。同時，我也在心裡暗暗希望她絕對不要追上來。

此刻的我，實在太狼狽了。我還沒有想好，該如何扮演好一個孩子的身分去面對她，我害怕我那蹩腳的演技，又會不小心傷到她。

「巧嘉？」韓宇森略帶詫異的聲音傳來。

我站在六班門外，噙著眼淚，朝他勉強一笑。

「妳怎麼了？」他問我，眼神認真。他一邊問，一邊將我拉向沒什麼學生的地方。

看著他這樣的眼神，讓我好安心。韓宇森的氣息，就像看清這個世界一樣平靜。這讓我覺得，自己和他不過也只是同一類人，我一點也不奇怪。

「……還記得我說了，想要了解你的一切嗎？」我問。

韓宇森點點頭，「妳說的話……我都記得。」

「那可以從現在開始嗎？」我問，露出笑顏，眼淚卻還是在眼裡打轉，「我……我想要知道，我不是孤單的，我一點也不奇怪，身邊還是有人跟我一樣的——」

「巧嘉，妳不必從我這裡知道什麼。」韓宇森目光沉沉地望著我。

我一愣，笑容僵在臉上。

「因為我很清楚，我跟妳，就是同一種人。不必證明也不必言說，單單只是『感覺』……我就很清楚這一點。」

我的眼淚在他說出這句話的同時落下。

韓宇森和我，竟有著一樣的感受……我也是單憑感覺，就認為他與我擁有一樣的心境。我們都一樣在這座校園裡玩著扮家家酒，扮的是孩子，心裡卻是被揠苗助長的大人。

淚水不斷從我的眼角滾落，我摀住自己的臉，忍不住肩頭的顫動，我抽噎著，哭得斷斷續續。

驀然，有一股溫熱襲上我的臉頰。我想起奶奶的巴掌，下意識脖子一縮，卻發現此刻附在我臉上的手掌是如此溫柔。

我抬眼，任由淚水在臉上滾落，韓宇森的眼裡倒映著我哭泣的模樣，我卻不覺得害臊，只覺得像摔傷翅膀的幼鳥，終於回到同伴身邊，可以在同伴的羽翼之下，毫無顧忌地露出自己脆弱的一面。

這個瞬間，我想起王家衛《春光乍洩》中的一句台詞——

我一直以為我跟他不一樣，原來寂寞的時候，所有的人都一樣。

他摩娑著我的臉頰，替我擦掉眼淚，他微微一笑，喃喃道：「巧嘉，要不要陪我去一個地方？」

＊＊＊

韓宇森拉著我的手，繞了校園一大圈，最後走入藝能科大樓的最高層教室。走廊上放眼望去，一個人也沒有。

韓宇森笑道：「藝能科的老師大多都在下午就下班了。所以這時候的最高樓層，會是空的。」我點點頭，表示理解。

韓宇森找了一處陰涼的地方，緩緩坐下，還拍拍身旁的位子，示意我坐下。於是我揉揉自己哭腫的雙眼，把背靠在斑駁的牆上。

「你……不回去上課也沒關係嗎？」我想起韓宇森一副模範學生的模樣，忍不住皺眉問道。

「沒關係。」韓宇森回答，「……我無所謂的。」

我靜靜地望著他。突然，「……巧嘉，妳知道被全世界遺忘，是什麼樣的感受嗎？」韓宇森轉過頭來，望入我的眼底。他的眼眸一如既往的幽深，聲音也低了幾分。

夏日炎炎，蟬鳴的聲音在耳畔圍繞不去，韓宇森的臉在陽光照耀下顯得如此清晰。他話裡的情緒太黑暗，我一時之間竟不敢直視。

這和他此刻的模樣，差距過多。我無法想像，像韓宇森如此耀眼的人，怎麼會認為自己被全世界遺忘？

下一秒，我才恍然想起那個壓抑且沉默的他。那才是真正的他。我怎麼會忘記這件事了呢？

韓宇森和我，是同一種人；他此刻的耀眼，全都是假象。

「我從小到大，哪怕犯了再大的錯誤，父母也從來不會苛責我。」他說。

「這樣……不是很好嗎？」我猶豫一陣，忍不住問道。

「的確，我也曾經覺得那樣很好……但後來我才發現，不只是做錯事的時候，就連再平常不過的對話，他們也不曾說過。」韓宇森垂下眼瞼，「這樣，一點也不好。」他說。話裡的停頓使我心揪。

「我覺得我的爸爸像個機器人，沒有感情。無論我做了什麼，他都從來不會跟我說什麼。就像冷冰冰的機器人，做好他該做的每一件事，賺錢讓我上學、準備三餐給我吃、替我簽聯絡本……除了這些，就再也沒有其他。他叫我名字的次數，我用手指都算得出來——今天，大概是他叫過我最多次的一天了吧。」

「巧嘉，被全世界遺忘的感受，妳大概不能明白吧？」韓宇森苦笑道，「我時常不懂，自己為什麼要活在這個世上。」

他頓了頓，又說：「我每天六點起床、準時去上學、準時回家、準時上床睡覺……我到底在做什麼呢？我不曉得，也得不到答案。雖然我有不少朋友，也有不少師長喜歡我，可是最該陪伴我大半時光的父母，卻永遠只是漠視著我。他們看著我對這個世界感到迷惘，卻從來不曾伸出手，哪怕只是關心我，也不曾有過。我一直覺得，我心裡那些對世界的困惑，只有父母才能解開。可是，他們不願意。」

他又一頓，斂去臉上僵硬的笑容，吐出這麼一句話：「巧嘉，我對生活，感到非常茫然，真的非常茫然……我在成長的路途裡，始終像是一個旁觀者，旁觀著世界的推移與變化，卻從來踏不進這個世界。就像是……被全世界遺忘了。」

我望著他，心裡漫開苦澀，不知道該說些什麼安慰他，又或者早已沒什麼能安慰得了他。

他最後一段話讓我心痛。身為一個旁觀者，看著這個世界運轉不停，那該是多麼悲哀的事？

我想，韓宇森其實只是寂寞。無論有再多朋友、有再多師長喜歡他，他最渴望的，只有父母的愛。可是父母不愛他。

——恨是比愛來得更強烈的情緒。對韓宇森來說，也許他情願父母恨他。父母不愛他，淡漠一切，毫無情緒變化地與他相處……這是多麼令人寂寞？我無法想像韓宇森的成長過程有多孤單，此刻只看見眼前的韓宇森努力壓抑自己的痛苦，向我娓娓道來。

我感受到的那份氣息，毫無差錯。他的確看透了這世界的一切，無從傾訴，所以選擇壓抑自己、選擇沉默，只能看著這個世界發生的一切，卻從來無法踏足，一切都像是與他無關，韓宇森就像是被隔絕在外。

「即使如此，我還是很努力想要父母愛我。」他重新漾起苦笑，「所以我努力扮演一個好孩子，希望父母有一天會發現，我是他們值得驕傲的孩子。也許到那時，他們就不會只是忽視我了。他們會願意向我走來，告訴我，這個世界的美好之處在哪裡，告訴我為什麼應該要活著。」

「……那你，為什麼還要抽菸？」

「巧嘉……我……」韓宇森嘆了口氣，視線飄向遠方，「我常常覺得想死。」

聽見這麼決絕的話從他嘴裡吐出，我卻沒有半分驚訝，只是感到悲哀。也許，我可以明白韓宇森對這個世界的無奈與厭倦。

「我的人生就像數學公式一樣，始終就是這樣貫徹到底……我好害怕，我隨時都感覺，自己正在因為心底那些對世界的迷惘，而在慢慢地崩解……但我依舊照著那樣的軌道運行，苟延殘喘地活著。老實說，我很累，真的很累了……」他的聲音像是煙霧，輕輕從口中吐出，接著在空氣裡飄盪游移，飄搖到我所無法觸及的遠方。

「但是張久岳告訴我，不管我對這個世界有多少疑惑，也一定要好好活著。」韓宇森轉過頭來，對我露出笑容，「他曾說，我沒死過，又怎麼知道死後的世界真的會比較好？說不定會比現在更痛苦。」

「張久岳的話，就像是強心針一樣，是我現在還在這裡呼吸著，僅存的理由。」韓宇森頓了頓，又說：「他教我抽菸，說我應該試著卸下繃緊的神經，去嘗試一些以前沒試過的東西，等到我把所有事情都體驗完了，還是覺得這個世界有夠爛的話，想死再去死。這種話聽起來很愚蠢，但是這就是張久岳會說的話，你就是會願意去相信他，因為他的話一點也不矯情造作，反而很真實，也讓人無從反駁。他就是這樣的一個人。」

「因為他明白我多麼努力扮演一個好孩子，希望父母回過頭來看我一眼，所以我抽菸被妳看見的時候，他才會那麼慌張。他對待每件事都很用心，包括我。」

聽見韓宇森說起張久岳的事，我竟有些遲疑，這真的是我所認識的張久岳嗎？突然，我想起張久岳失落的神情——那個奇妙的想法再度浮上心頭。

「除了久岳以外，我也很感謝巧嘉妳。」

突然被韓宇森點名，我霎時一愣，驚訝地望著他。

他的笑容不再勉強，看起來很開心的模樣，「我一直覺得自己現在是在苟延殘喘，只要按著公式就好，也因為厭倦生活而不想付出心力，於是，我不自覺就對所有事非常隨便，就好像是在敷衍了事一樣，因為我一直覺得，撐一天算一天、演一天算一天。我只要熬過每一天，就是照著公式去走就好，非常規律。」

韓宇森望著我，眼神越發認真，「但直到妳點破我，我才發現自己一直都是在敷衍生活。」他露出苦澀的微笑，「也許，我會不明白生活的美好、無法踏進這個世界，就是因為我一直都沒有在用心生活。」

韓宇森笑容裡的苦澀漸漸淡去，眼裡漾開一抹真摯的笑意，「所以我現在暫時不會想死，因為我還沒像張久岳說的，把所有事都體驗完，也還沒像巧嘉妳告訴我的，用心對待生活。等到我把你們兩個說的都做完了，如果還是覺得活著沒有意義，到那時候再離開這個世界，那也不算太遲。」

「韓宇森……」我瞠眼望著他。

我從沒想過，自己無心的一句話，會對他有這麼大的啟示。我甚至覺得自己像是挽救了他的生命。

「巧嘉，我會選擇告訴妳這麼多，是我覺得自己跟妳早該認識。我也不知道哪來的自信，就是覺得妳一定能聽懂我說的話。」他笑道，「妳是我遇過，最特別的人。每次看見妳，我就像看見了自己。」

我的嘴角不自覺上揚，望著他，說道：「我也有相同的感覺。」我也覺得相見恨晚，如果我能早點認識韓宇森那該多好？我總有一種，我們早該相識、早該互相扶持的感覺。

我們都擁有傷口，我們的人生才過了十七年就已面目全非——這樣的我們，各自帶著傷口，踽踽獨行。直到現在，我們才終於找到同伴，能夠彼此依靠、彼此療傷。如果早點遇到彼此，或許我們孤單寂寞的時間，就能夠少一些。

我們對望了許久，嘴邊都噙著淺笑。

我的腦海再度響起《春光乍洩》裡的那段台詞。

我一直以為我跟他不一樣，原來寂寞的時候，所有的人都一樣。

我和韓宇森，是同一種人。我們，都一樣寂寞。

不曉得過了多久，我和韓宇森聊了許多，大多圍繞在韓宇森的童年，還有他與張久岳相識的過程。

「大概在我國一的時候，張久岳住到我們家。他本來就是單親家庭，後來父親也因為生病而去世，張叔叔和我爸是多年好友，所以張叔叔剛離開的時候，我父親把張久岳接到我們家，和我們住了一陣子，直到久岳的阿姨答應收留久岳，他才搬離我們家。」

韓宇森頓了頓，又說：「雖然很小的時候我跟張久岳有過幾面之緣，但那時不太熟，直到張久岳住進我們家後，我們才漸漸變成了很好的朋友。也是因為住在一起的關係，張久岳也有發現我爸爸對我的態度。所以，我就把自己心裡藏了很多年的事情，一點一點告訴他。」

聽著韓宇森娓娓道來自己的一切，我像是在這短短的時光裡，迅速了解他的一切。包括他喜歡吃的東西、喜歡看的書、討厭的食物和討厭的科目，我全都一口氣吸收了。就像要挽回那段不曾相識的空白期，我們彼此分享了許多瑣事。

直到張久岳氣沖沖地跑到我們面前，我們才停下這段交談。

張久岳一看見韓宇森，馬上質問道：「韓宇森，你為什麼沒上課？」

像是問完這句話才看見我，張久岳瞪大眼，指著我：「江巧嘉為什麼在這裡！」

韓宇森無奈一笑，「你別這麼大驚小怪的，坐下再說吧。」

「喂！你知不知道現在大家都在找你？學年模範生翹課！你不是想當個好學生、好兒子嗎？我好不容易替你解決了抽菸的事，現在你又翹課是怎樣？現在我還能怎麼幫你說話？」

「……對不——」「抱歉。」我打斷了韓宇森的道歉，慢慢從地上站起身，拍拍自己的褲子，望著張久岳，「是我去找韓宇森，所以他才帶我來這裡的。」

張久岳驚愕地望著我，似乎是沒料到我會這麼說。

其實我本來的確沒打算道歉的，然而一看見張久岳那麼擔憂的神情，我就忍不住想起自己那個微妙的臆測。如果我的臆測是真的……那麼站在張久岳的立場，我的確需要道歉。

「張久岳，對不起。」韓宇森重新道歉，「讓你擔心了。只是……我不想再當個乖孩子了。」

聽見這句話，我和張久岳都忍不住張大眼睛，望向韓宇森。

「我發現，當個乖孩子，我爸根本無動於衷。可是像今天這樣，做錯事被他發現，卻能得到關心。」

「喂！你不會把你爸的話當真了吧？他今天會約談你，根本不是真的關心你！」張久岳喊道，「有聽到他說『外面有很多人在看』嗎？他根本只是覺得，身為學務處主任，處置自己的孩子就該這樣，他自始至終，根本就還是在機械化地對待你啊！不是因為你是他的小孩才這樣，而是因為你是學務處主任的孩子！」張久岳急得臉都紅了，語氣慌張。

「那也沒關係。」韓宇森露出笑容，「就算只是機械化的對待，我也沒關係。至少我可以騙自己，他是真的在關心我。」

張久岳沉默半晌，嘆了口氣，「……你這根本是自欺欺人。你不會比較快樂的。」

「沒關係。就像你說的，要去嘗試自己沒試過的。說不定我使壞幾次，爸爸就真的會多關心我一點也說不定。」

我聽了，心臟有些泛疼，可是我卻找不到可以反駁的話。無論想嘗試什麼，那都是韓宇森的選擇，沒人可以插手。

張久岳像是無話可說，沉默地望著他，良久才將目光挪到我身上。張久岳瞪著我，「江巧嘉，妳——」「我們談談吧，張久岳。」我說。

張久岳一愣，接著怒道：「我跟妳，有什麼好說的？」

我默然一陣，才緩緩答道：「說一些你不會想讓韓宇森知道的話。」

這次換韓宇森愣住了，「什麼？」韓宇森困惑地望著我，問道。

我向他露出笑容，說道：「是祕密。」我把手指放在嘴邊，作出「噓」的手勢，「不會講太久，你去樓梯口等我們吧。」

韓宇森看了，只是微微一笑，「好，那我就恭敬不如從命了。」

韓宇森離開後，整座走廊就只剩下我跟張久岳。張久岳一聲不吭地望著遠方。

我開門見山地說了：「你喜歡韓宇森吧？」

他全身一震，愕然地瞪著我。

「不只是朋友的那種喜歡，而是更隱晦、更深刻的那種。」我補充說明，盡力讓自己不要露出笑意，以免又惹張久岳生氣。

但他似乎無暇發怒，此刻臉上寫滿了驚愕，「我、我才沒有！我聽不懂妳在說什麼！」

我無視張久岳的辯駁，逕自說道：「你放心吧，我和韓宇森……只是同病相憐，所以惺惺相惜而已。」我笑了笑，有點尷尬，繼續解釋道：「我知道你是因為我跟韓宇森走得太近，所以很討厭我，但我以後依舊會繼續走在他身邊，因為我們本就該在一起。我不希望你因此誤會什麼，所以提早跟你講清楚。」

「『本就該在一起』是什麼意思？」張久岳瞇起鳳眼，眼神有著慍怒。

「就是字面上的意思。」我笑道，「我和韓宇森是同一種人，物以類聚，所以本來就應該聚在一起。」

「韓宇森什麼都跟妳說了？」張久岳的音調上揚，驚訝之情溢於言表。

我沒有回答，算是默認，「總之，我不可能會對韓宇森產生同伴以外的情感，我不喜歡戀愛這件事，甚至可以說是恨到骨子裡。所以，你不必對我吃醋或忌妒，我是你最不需要擔心的人。」

「什麼都不需要擔心？」張久岳笑出聲來，「妳才跟韓宇森認識幾天，他就什麼都告訴妳了……」張久岳皺起眉，狹長的鳳眼裡，竟彷彿漫開水氣，「妳知道我花了多久，才走入他的內心嗎？妳要我怎麼不害怕？」

我被他問得啞口無言。我不知道該怎麼向他解釋我和韓宇森之間的關係。

我和韓宇森的關係是超脫異性之愛的，我們只是同病相憐、所以走在一起罷了。我們的感情，是超脫那種膚淺情感的、更為高尚的情操。至少此刻的我是這麼想的。

「我不知道怎樣你才會相信我。」我望著他，無奈地說著，「但總之，我不會因為顧慮你的感受就跟韓宇森保持距離。你最好自己調適好心態，不然我也不知道你該怎麼辦才好。」

張久岳沉默著，詫異而沉痛的眼眸緊緊盯著我。我被他看得渾身不自在，於是說道：「別讓韓宇森等太久。我們趕快下去吧。」說完，我頭也不回地轉身離開。

張久岳過沒多久也跟上了我，毫無預警地，我聽見他說了些什麼——

「我就勉強相信妳吧。看在妳沒把這件事告訴韓宇森的份上。」他彆扭地說著。我眼角餘光瞄見他燒紅的耳根，忍不住就噗嗤笑了出來。

「也請妳不要把這件事告訴他。他要煩惱的事情已經夠多了，我不想困擾他。」張久岳低聲補了這麼一句，語氣沮喪。

愛情就是這麼愚蠢。即使等不到一個結果，人們還是會繼續傻傻地等下去；即使會使自己遍體鱗傷，卻還是只擔心對方會不會受到傷害，絲毫不顧慮自己。

想到這，我突然覺得張久岳其實挺值得同情。

＊＊＊

我和韓宇森不約而同在課堂上缺席的事，很快傳遍了校園。我們三人才剛從藝能科大樓走出來，幾個路過的同學就指著我們，竊竊私語。

韓宇森和張久岳當然也發現了這一點，他們互看了一下，張久岳語氣不耐地說：「你看，現在連學弟妹都在講了！你這下真的是跳進黃河也洗不清。我可沒辦法幫你了。」

韓宇森只是笑，沒有說話，我們又往前走了幾步。突然，像是想起什麼，韓宇森停下腳步，說道：「巧嘉，抱歉。」

我困惑地轉過身，「什麼？」

韓宇森垂下眼瞼，「我沒料到把妳帶到這裡來，會發生這麼多事。待會妳大概也逃不掉懲處了，我會盡力替妳說話的，妳好好配合我就好。」

「韓宇森，」我皺起眉頭，「你覺得我會介意這種事情嗎？如果介意，早在你邀我來這的時候，我就會拒絕了。我不是什麼口是心非的人。好就說好、不好就會拒絕。」

我露出笑容，希望他能放心，「我不擔心會被懲處，也不需要你替我說話。我們該在意的，還有很多其他更重要的事，被懲處、被老師罵又算什麼？一點也不重要。」

韓宇森聞言，沮喪的臉上露出一絲笑意，他望著我，「妳說得沒錯。」他頓了頓，搔搔自己的後腦勺，「……雖然我感覺得出來，妳和我很相像，但是我還是會不安。我會害怕，倘若自己不重視的那些事，對巧嘉妳來說反而是重要的，那我會不會不小心傷害到妳？……我有自信說妳是我的同伴，卻沒自信自己想去闖的世界，妳都能全盤接受。」

我聽得心揪，趕緊開口澄清：「可以的！」說完，卻找不到下一句話可說。

除了這句話，我不知道自己還能給予韓宇森多少安全感。我明白，韓宇森在遇見我以前，生活全處在忐忑與茫然之中，即使現在突然有了一個能了解他的同伴，他也會產生不安，也會害怕自己想走的路，對方不能理解、害怕自己想要闖蕩的世界，不被對方所接受。

我知道，韓宇森此刻的不安，全來自我的不坦承。自始至終，只有韓宇森在說。他告訴我他的一切，我卻不曾向他提起我的家庭狀況。

我知道這並不公平。我太了解他，他卻對我一無所知，韓宇森會感到這麼不安是很正常的。

可是，我還沒想好該如何跨過心裡那道坎，去向別人傾訴我的心事。我太習慣隱藏，把什麼事都藏在心底深處，久了我早就忘了該如何訴苦。

韓宇森聽到我的回答，只是漾起溫柔的笑，「那就好，巧嘉。那……我們走吧？」

我遲疑一陣，才點點頭，跟上他的腳步。

身後的張久岳過了半晌才跟上來，我能聽見他的腳步聲帶著幾分焦躁。我猜，他大概又誤會了。

我略微回想了一下，赫然發現韓宇森和我的對話，在外人耳裡聽起來的確帶著曖昧。但我堅信著，我與韓宇森並不會與那種小情小愛有所牽扯。所以，張久岳的擔心與忌妒，我全當作是他暫時的彆扭。我覺得只要時間長了，他就會意識到我和韓宇森根本不像他所想得那麼膚淺，到時候他自然就會釋懷。

我和他們在走廊上道別，接著我走進自己的班級。

現在還在上課時間，全班本來緊盯黑板的視線，在我踏進班上的瞬間，齊刷刷地轉過來看著我。整個班級像是陷入無邊的沉默，大家臉上寫滿驚訝和好奇，直直地盯著我瞧。

我喊了聲「報告」，向老師道歉。老師雖然不高興，但為了趕課，只叫我下課去找她，接著手一揮就叫我回座位上坐好。

我試著不去看尤妮妮，我還沒有想好該如何面對她。

下課鐘聲很快就敲響了，我去找老師，老師見到我，板起一張臉，說道：「江巧嘉，妳剛整節課都跑去哪了？」

我迎著她的目光，答道：「我翹課。」

老師倒抽一口氣，愕然地瞪著我，「妳說什麼？」我知道她不會想聽我再回答同樣的話，於是我選擇沉默。

「……我已經通知教官和妳班導了，點名板上也記了曠課，妳最好自己神經繃緊一點，現在都高二了，還做出這麼誇張的事情！」老師喋喋不休地罵著，我則垂著頭默默承受。

終於，她像是罵夠了，轉身氣沖沖地離開教室。

我的厄運還沒結束，老師前腳一走，班導下一秒立刻旋身而入，像是接力賽一樣繼續罵下去。

我被問了好幾個重複的問題，實在有些不耐煩了，乾脆打斷班導的話：「班導，我自己去找教官，可以嗎？」

班導聽見我這麼說，怒氣更盛，「江巧嘉！今天上課缺席的是妳，妳為什麼還一副不耐煩的樣子？」她怒問，「難道妳有什麼苦衷嗎？有的話就不能先報備老師或副班長嗎？」

我抿起唇，聽著她接連不斷的問話，只覺得渾身煩躁。

「……妳自己好好反省一下吧！待會記得去找教官！」終於，班導似乎也忍受不了我的態度，匆匆拋下這麼一句話就走了。

我這才發現，自己方圓幾公尺內，沒有任何同學敢接近。才剛開學我就把自己的名聲弄得這麼糟，看來以後大概也是交不到朋友了。

但我有韓宇森，他跟我是同伴，我們的感情將會比任何朋友還來得堅定。我和尤妮妮曾經那麼要好，還不是因為幾句拌嘴就分道揚鑣？但我和韓宇森，絕不可能那麼輕易就分開。

我走出教室，聽見尤妮妮怯弱地喊了我一聲。我回頭去看，只見她臉上帶著滿滿的歉疚，「……巧嘉……」

我不知道該怎麼面對她，只好像以前那樣，對她露出一抹笑容，說道：「別擔心。」我聽完尤妮妮先前的那些指控，現在卻還是會下意識地對尤妮妮說「別擔心」，我不曉得這樣會不會很過分，只覺得尤妮妮同樣也在逼我。

我就是不曉得該如何扮演小孩，那又怎樣？這難道是我的錯嗎？我對尤妮妮本來的愧疚感，在這個念頭浮現以後，開始慢慢轉為惱怒。

尤妮妮說，我總是把她當作三歲小孩。

現在想來，其實她沒說錯。的確，她太幼稚了，她永遠不會懂我為了什麼而痛苦，就算我向她敞開心扉也會是一樣的結果。

她的人生就像大多數的高中生一樣，順遂平穩，怎麼可能懂我的煩惱？此刻我竟有些生氣，為什麼尤妮妮就不能夠像韓宇森那樣，有著超齡的視野去體諒我的沉默？我不再理會尤妮妮，逕自轉身離開，一路走向學務處。

一踏進學務處，只見韓宇森就站在那裡，就像早上站在學務主任面前一樣，幾乎是毫無改變的景象。張久岳也站在一旁，我能看見他因為躁鬱而不停晃動的腳。

「報告。」我喊了一聲，才緩緩走進學務處。

教官看見我，用眼神示意我去找學務主任。翹課這件事本該交給教官處理的，但因為我和韓宇森一起翹課，所以這事就變得更特別了。

我沒什麼害怕的感覺，提起腳步就往主任那走去。我站在韓宇森身旁，直直地看著主任。主任依舊一張冷臉，眸色平靜地望著我。

「妳是……」主任似乎試圖回想我的名字，「江巧恩？」

「主任，我叫江巧嘉，不是江巧恩。」我垂著頭，恭敬地答道。

「哦。」主任勾起一抹笑容，依舊皮笑肉不笑，「聽說妳是跟宇森一起缺席的？」即使是問句，主任的話語卻還是那麼僵直。

遇到校長外出開會的時候，朝會都交由學務主任來主持，那是我對學務主任唯一的印象。由於我根本沒在認真參與朝會，所以絲毫沒有發覺主任的不對勁；直到此刻，我才明白韓宇森為什麼會認為自己的父親是「機器人」——主任說話幾乎沒有語助詞，聲音呆板平直，毫無起伏，就像機器人一樣。

「對。」我答得果斷。

「哦？」主任輕輕出聲。

「爸爸，是我帶巧嘉翹課的。」韓宇森突然開口，主任的目光轉向他，韓宇森吸了一口氣，繼續說道：「還有，早上的抽菸，根本不是我與久岳巧遇，是我本來就跟張久岳一起抽菸。對，我抽菸，爸你聽到的全是真的，無論是翹課還是抽菸，全是真的——」

「我知道了。」主任輕聲開口，雲淡風輕的語氣，和韓宇森話裡的激昂有著強烈的對比，「那麼，我會轉告教官，依校規懲處。」

「你就沒有其他話要說了嗎？」張久岳終於開口，話裡帶著怒火，「身為一名父親，你就這樣解決你兒子翹課和抽菸的事情？」

「……張久岳！」我出聲制止，皺眉望向張久岳，帶有勸戒的意味。站在我身旁的韓宇森卻只是沉默著，似乎也想聽主任的答案。

主任靜靜地望著我們，目光來回在我們三人之間打量，最後回到韓宇森的臉上，緩緩開口：「我不知道你們想從我這聽到什麼，」主任淡淡地說，「但我認為，依校規懲處是最公正的方式。」

主任根本是在答非所問——到頭來，他還是只站在學務主任的角度去解決這件事，而不是作為一個父親。為此，我心底也竄上不小的怒火。

——正當我想要開口駁斥時，韓宇森卻拉住了我，他用唇語示意我就讓這件事告一段落。

結束這段不愉快的對話後，教官拿著悔過書和獎懲單來到我們面前，跟我們說明我們分別按照校規會被如何懲處。

我們三人在意的根本不是懲罰，而是主任剛才的態度。

直到現在，我才終於見證到，韓宇森這幾年來都是怎麼過的。就連做壞事，主任都不曾給予一句苛責，倘若他今天不是學務主任，或許連一聲都不會吭。

「巧嘉，對不起。」韓宇森看著我在獎懲單上簽名時，低聲說道。

我皺眉望著他，再度解釋：「不用道歉！我一點都不在意這個，才幾支警告而已，連退學都沾不上邊，你不要總是跟我說對不起。」我握著筆的手正在顫抖，心中激動不已。

「……還有，剛剛阻止了妳，抱歉。」韓宇森流暢地在紙上簽下自己的名字，繼續說道：「其實我並不覺得，翹課或抽菸這種事會讓『父親』對我有更多的關心。我想要的，只是希望可以像剛才那樣，做壞事的時候，被『主任』叫過來問幾句。這樣我就很滿足了。」他的神情陰沉，我看了竟覺得心臟有些發疼。

「……我明白了。」我嘆了口氣，最後也只能這麼回答。

雖然我和我母親之間有著許多隔閡，但只要不提到高鵬，我和母親之間其實就與一般的母女無異，會關心彼此，哪怕心中有著尷尬，卻還是會努力掌握自己角色該盡到的義務；可是韓宇森不一樣，他的爸爸，根本不是父親，更像是被派來虛應故事、被派來填塞「韓家主人」這個位子的臨時演員。

我目光飄向張久岳，只見他也在獎懲單簽上了自己的名字。

我突然有種正在進行某種儀式的錯覺，我們就像簽下了某種共同協約，宣示三人從此以後就會一起合作、彼此扶持。想到這裡，我露出一抹笑容。

和尤妮妮在一起的時候，我像是在照顧孩子，時常感到無奈，偶爾也會感到疲倦，尤其是她拉著我討論那些令我嗤之以鼻的愛情故事時；可是和韓宇森與張久岳在一起的時候，我更像是在與同伴互相鼓勵，一起朝著同樣的方向走去，不覺得疲累，只會煩惱著該怎麼樣才能三人一起走向終點線、該如何完成我們三人想要達到的目標。

韓宇森看見我在笑，臉上也泛開笑容，柔聲問道：「巧嘉，妳在笑什麼？」

我笑著回答：「沒什麼。只是覺得，這種感覺還不錯。」我指向桌上的獎懲單，忍不住笑得更燦爛。

韓宇森似乎明白了我的話，笑意也跟著加深——然而，我依舊能看出他臉上帶著陰鬱。剛才，張久岳質問主任時，韓宇森保持沉默，沒有阻止，也許是因為他多少也對主任的回答有所期待吧？有所期待，最後再次落空，我知道那樣的感覺並不好受。

想到這裡，我突然明白了。我剛才想要繼續質問主任時，韓宇森突然拉住我，或許就是因為他不想再體會那種失望的感覺。

想到這裡，我對韓宇森就有些不捨，我不自覺伸出手，輕輕撫摸他的臉頰。他似乎被我嚇了一跳，渾身一抖，接著眸色慢慢轉為平靜，憂傷而沉重地望著我。

他的臉因為我的觸摸而泛開一絲霞紅，我並沒有想太多，認為這只是自然反應。當初他替我擦掉眼淚的時候，我的臉也是燙得厲害——我想，每個人突然被摸臉，一定都會有這種反應的，難道不是嗎？

我露出笑容，對韓宇森說道：「別逞強，我和張久岳都了解你。在我們面前，你不必偽裝。」

聽到這句話，張久岳像是大夢初醒，急急開口：「對、對啊！」他嘴上回答著，一雙眼卻是緊緊地盯著我撫在韓宇森臉上的手。

我無暇理會他是不是又誤會了什麼，只覺得現在輕觸韓宇森臉頰的動作，使我感到莫大滿足。

＊＊＊

踏入熟悉而帶有一絲陌生的舊公寓，我心情前所未有地忐忑。奶奶上次叫我要常回來看望媽媽，我並不是沒聽進去，只是一直提不起勇氣。

然而經過韓宇森那件事，我才發現自己和媽媽的關係，其實也沒那麼差，不需要避而不見。我前一天就已經打過電話，接電話的是楚念軒，這讓我放鬆不少。我告訴他，我這週六會回去，希望他可以轉告媽媽。

楚念軒的聲音依舊那麼沉著平穩，卻不像學務主任那樣的死氣。聽著他的聲音，就好似整個人沉到水底，聽見除了水流的律動、自己的心跳，就再也沒有其他。

我從口袋裡掏出鑰匙，插入鑰匙孔，轉動，最後打開門。

母親就坐在客廳裡，看見我的時候，略有遲疑，但最後還是朝著我微微一笑。這一瞬間，我竟有些想哭。

即使我和母親之間曾有過無數摩擦，她卻還是一直努力用笑臉面對我。即使她愛高鵬勝過我，那又怎麼樣？她並不是不愛我。

我想起韓宇森——他父親對他的冷漠，那才是真正的淒涼。

「我回來了，媽媽。」我開口說道，硬是忍住想哭的衝動。媽媽聽了，只是點點頭。

只見她手上還拿著剪刀，而桌上的雜誌被剪得坑坑巴巴的。我太熟悉她的這個舉動，她一定是在為高鵬做剪報。母親有很多筆記本，上頭貼滿了高鵬的相片，舉凡報章雜誌、專輯海報……每一樣周邊商品她都不會放過。

明明心底該像以前那樣，對此感到不滿，此刻我卻覺得無比暖心。

楚念軒從廚房裡走出來，看見我的時候點頭示意。我看見了，於是回予一抹淡笑，不像第一次見他時那樣對他抱持敵意。

——離開這個家以後，有些事正在悄然改變。

距離是冷靜彼此的良藥，我深刻感覺到了這一點。也許我和母親的關係會慢慢改善，想到這裡我就無比雀躍，雖然我沒有自信可以讓她割捨對高鵬的愛，但或許我可以學著如何與那份極端的愛情共生共存。

母親今晚親自下廚，聽著抽油煙機轟隆作響，我在客廳裡低聲探問楚念軒。

「我媽這陣子還好吧？」我問。

楚念軒點點頭，摸了摸自己的下巴，「嗯，沒什麼奇怪的舉動。」他頓了頓，又說：「妳就放心吧。」

「……謝謝你，楚先生。」我別開目光，低低說道。

「謝什麼？」他略有困惑。

「謝謝你沒有拋下我媽消失不見、謝謝你身為外人卻好好照顧了我媽，謝謝你為了我母親這個不負責任的女兒，負起所有責任。」我音量很小，話中的誠懇卻很堅定。

我聽見楚念軒輕輕地笑了，我轉過頭去看他，他飽滿的唇勾起了一個小彎，「……巧嘉，在愛情裡面，沒有『謝謝』與『對不起』這兩個詞。」楚念軒的眼神深邃，目光沉沉地望著我。

接著，他富有磁性的嗓音又再次傳來：「我喜歡妳母親，所以我願意為她付出。老實說，這完全不是因為妳對我有所請託的緣故——照顧妳母親、陪著妳母親，這完全是我個人的私心。所以，妳不必道謝。」

聽他如此真心地向我剖析他的心情，我的心像是被溫熱緊緊圍繞。這一刻，看著楚念軒如此真摯的眼神，我相信他真的會好好守護母親……我真的願意相信。

我原先的擔憂與不安，全在這一秒瓦解——我非常慶幸，母親能夠遇到這樣的男人。

一直以來，我認為愛情就是愚蠢又無趣的東西，但現在才發覺愛情其實也能為別人帶來幸福的可能——就像楚念軒喜歡媽媽。

雖然他那樣一味付出卻得不到回報的模樣很愚笨，卻在不知不覺中，帶給我和母親修復關係的契機——其實，愛情也並不全然是那麼負面的情感。

對於愛情，雖然我依然無法接受，但我願意開始學著尊重。

我突然想起張久岳，因為喜歡韓宇森，所以張久岳為他奔波、為他擋掉許多傷害、為他而傷心煩惱……雖然愚蠢，但卻是無比珍貴的感情。

我開始對自己當初那樣嗤笑他而感到懊悔。屬於張久岳的、那份珍貴的感情，我竟這麼輕易地就全盤否定。

媽媽今晚煮了許多拿手好菜，小時候她都跟我說，那是高鵬愛吃的，於是每天都只煮那幾樣，久而久之，那些菜成了我心目中經典的家常菜。

與其說是「我愛吃的」，不如說是「我習慣吃的」。因為從小就吃著，吃久了也就習慣了，和愛與不愛似乎沒有多少關聯。

我吃得津津有味，過了一段時間沒吃到媽媽的菜，突然覺得她的手藝變好了，碗裡全是熟悉的味道，讓我心底暖暖的，好安心。

吃飽飯後，母親準時在七點鐘打開電視，轉到高鵬主持的節目。

我並不想和母親討論高鵬的事情，因為我不想破壞今天得來不易的好氣氛。於是，我把碗筷放到流理臺後，就拿起自己的背包，準備要離開。

「我以後就每個禮拜回來吧，媽媽。」我站在門口，朝著母親說道。

母親這次沒有再別開視線，她望著我，微笑答道：「好，那就下週六見了。」她像是想起什麼，突然目光投向一旁的楚念軒，開口說道：「念軒，可以麻煩你送一下巧嘉嗎？」

楚念軒微微一詫，很快地點頭，接著從沙發上站起身去拿掛在牆上的鑰匙。動作一氣呵成，迅速流暢。

我本想拒絕，可是只要一想到這是媽媽的囑咐，我又覺得心頭暖呼呼的，下意識就不想拒絕媽媽這份好意。

下樓的時候，楚念軒走在前面，右手輕晃車鑰匙。他穿著白T恤搭牛仔長褲，腳上穿著白色帆布鞋，乾淨的鞋面在黑暗中隱隱發亮。

他沉穩的氣息，好像生來就適合沉默，何況我和他也沒什麼話好說，於是我們直到打開公寓大門，都沒有說過任何一句話。

我先站在公寓門口等他把車開過來，過了一會兒，一輛銀灰色的轎車就鑽入巷內，停在我面前。楚念軒把窗戶搖了下來，揮揮手，示意我上車。我本想坐到後座去，卻被楚念軒的聲音打住：「巧嘉，坐我旁邊。」

我沒有問原因，只是摸摸鼻子，把後座車門關上，再緩緩走向前座。

上了車，楚念軒輕聲說道：「如果坐在後座的話，代表妳把駕駛當作司機。」

我恍然大悟，輕輕點頭。

「……雖然我不怎麼介意，但看妳好像不曉得，所以趁機告訴妳。」楚念軒轉動方向盤，解釋道。

「謝謝。」我低聲道謝。看著楚念軒的側臉，深邃的五官在昏暗中依舊立體，我忍不住問出口：

「……可以冒昧問一下……你的年紀嗎？」

楚念軒微微一愣，「……問這個做什麼？」語氣困惑不已，他的眉頭微皺，目光仍是定在前方路況。

我頓時沒了底氣。看見楚念軒茫然的反應，我突然覺得自己有些幼稚，於是也不敢坦承自己其實只是好奇。

車內靜默了半晌，楚念軒的聲音緩緩傳來：「三十四。」他答得簡潔。

「……你比媽媽還年輕。」我有些詫異，接著問道：「你知道她幾歲嗎？」

「嗯。」楚念軒從鼻子裡哼了一聲，「比我大五歲。」

「為什麼會喜歡一個比自己年長的女人？……何況，她結過婚，還有小孩。」這次，我不再只是因為好奇，同時也是想弄清楚身旁這個人的心態。雖然我能從他的眼裡看見對母親的深愛，但我心裡仍然有些顧忌——畢竟，那可是我的媽媽。

「老實說，我沒想過這個問題。」楚念軒答得很果斷，為此我著實一愣。只見他轉了一下方向盤，再次開口：「妳讀過張愛玲的書嗎？」

他突然轉移話題，我思緒跟不上他的節奏，茫然了半晌才遲疑地回答：「沒有，怎麼了？」

楚念軒的聲音，再次如水流一般涓涓地流過我的心頭：「張愛玲曾寫過一段話……愛就像是，在千萬人中遇見了妳該遇見的人；在千萬年無涯的時間裡，趕上了妳該遇見的那個人。」楚念軒低沉的嗓音，在狹窄的車內蕩漾不已，我聽得認真，凝視著他同樣專注的側臉。

「全文我記不起來了，」他輕笑出聲，「但大致意思就是如此。」他輕輕勾起唇，「對我而言，愛就是這樣的，可遇不可求，全憑緣分，愛就是愛了，不需要去考慮理由。」

我聽得一頭霧水，只覺得說著這段話的楚念軒，雙眼在黑夜裡閃著光亮，像是黑夜中最明亮的星子。

我細細回想著楚念軒說的那段話，即使不明白箇中含意，卻覺得聽了以後心情沉澱許多，變得平靜無波。

車子停在奶奶家門口，我要下車前，朝他莞爾一笑，說道：「謝謝你載我回來。一樣，有什麼事就打給我……媽媽她，就拜託你了，楚念軒。」我重新用楚念軒的本名叫他。

第一次見面時，我叫他的本名，是因為對他感到輕視；然而現在卻是因為想表示善意。我心中暗自希望楚念軒可以察覺這兩者的不同。

楚念軒只是微笑，「晚安。」他向我說道。

我點點頭，同樣微笑著說：「晚安。」

回到家以後，我坐在床上，從背包裡掏出手機。我連上網路，輕輕在搜尋引擎上key下關鍵字，很快地，頁面就跳出了許多搜尋結果。

於千萬人之中遇見你所遇見的人，於千萬年之中，時間的無涯的荒野裡，沒有早一步，也沒有晚一步，剛巧趕上了，也沒有別的話可說，惟有輕輕的問一聲：『噢，你也在這裡嗎？』——張愛玲〈愛〉

我反覆琢磨話裡的含意良久，直到入睡之時，腦海縈繞著的仍舊是張愛玲的那段文字，以及楚念軒那低沉徐緩的悅耳嗓音……

這一晚，我睡得格外香甜。

＊＊＊

一大清早，我就揹著書包出門。正要走入熟悉的巷內，卻聽見有人喊道：「早安，巧嘉。」我渾身一震，愕然地看去，只見韓宇森就站在一旁，微笑向我招手。

「韓宇森，你怎麼在這裡？」我詫異地問。

這時，我才發現韓宇森的異樣——他拿掉了平時在學校都會戴著的眼鏡，頭髮也不再是梳理整齊的模樣，反而還有好幾根髮絲亂翹，然而這樣些許的凌亂，卻意外地有型。他制服也沒有好好穿，襯衫下擺拉了出來，更沒有穿學校規定要搭配的皮鞋，反而穿了一雙白色球鞋，看起來與那個模範生韓宇森判若兩人。

要不是之前看過他服儀不整的模樣，我現在肯定認不出他是誰。

他察覺了我正在打量的視線，略微尷尬地笑了笑，「……我這樣穿很怪嗎？」

我趕緊收回視線，有些呆愣地回答：「不、不會啊……老實說，這樣還滿好看的，我只是突然有點被你嚇到——你怎麼突然穿成這樣？」

「忘記我上禮拜說的話了？」他笑笑地望著我。

我這才明白過來，略帶擔憂地看著他。

「巧嘉，妳別擔心。」韓宇森伸手撫平我深鎖的眉頭，笑得溫柔。

「這樣真的好嗎？」我仍是擔心，「……我是說，就像張久岳說的……你只是在自欺欺人，不是嗎？」我雖然說得直接，卻仍是小心翼翼。

違反無數校規，被叫到學務處關切，韓宇森真的這樣就能快樂嗎？更何況，學務主任那個性子，因為韓宇森而動搖的機率，根本是微乎其微，韓宇森現在的行為，在我看來也只是白費功夫。

「我當然不抱什麼期待。」韓宇森斂去笑容，「但是……就試試看。」雖然他嘴上說著不期待，我卻從他的眼裡看見躍躍欲試的興奮之情。

身為一個局外人，我很清楚學務主任幾乎不可能改變。

韓宇森又何嘗不知道這點？但倘若今天我是韓宇森，我也會忍不住期待。就好像，其實我也期待著有一天媽媽會愛我比愛高鵬更多，即使知道不可能，心裡卻還是無法控制地企盼著、渴望著。

「哪怕只是被叫去問幾句，我也很滿足了啦。」像是自嘲似地，韓宇森輕笑幾聲。

我聽得無奈，只能露出苦笑，「沒關係，無論如何，我都會支持你。」除了支持，我不知道還能給他什麼。

「謝謝妳，巧嘉。」韓宇森笑得燦爛，輕輕拉起我的手。我一霎愣住，看見他泛開一絲霞紅的耳根，又看看彼此交握的手，我感覺自己的心跳莫名地鼓譟，卻不曉得那是什麼感覺，只覺得茫然，心中漾開一股異樣的感受。

同時，我發現韓宇森的身上飄著一股香味。

有些喜歡運動的男孩子為了抑制身上的汗臭，總是會噴這種類似止汗劑的東西，身上會飄著某種特殊的香氣。

以前我很討厭這種味道，覺得噴這種香水的男生很矯情，然而同樣的香味圍繞在韓宇森身上，我卻絲毫沒有厭惡的感覺。

韓宇森拉著我，慢慢地前進。我們兩人並肩走在狹窄的巷子裡，有些難以前行，正當我想提議一人在前、一人在後前進的時候，韓宇森握住我的手突然加緊了幾分。

那樣熾熱的掌溫，使我原本想說的話，全被消融殆盡。

此刻我抬眼望著他略顯凌亂的髮絲，在陽光下閃閃發光，迎風飄盪。

越是接近學校，我越能感受到四周熾熱的目光，雖然知道他們並不是在看我，而是我身旁的韓宇森，我卻還是感到不知所措，視線都不知道該擺在哪才好。

後來我才發現，大家似乎不是因為認出韓宇森才這麼注意我們。

我的步伐恰好掠過一群學生旁邊，無心地聽進了他們的低聲細語，詳細說了些什麼我不是很清楚，卻確切聽見他們正在討論我身旁的男孩是誰，接著是接連不斷的稱讚，說站在我身旁的男孩很帥。

我有些詫異，微微抬起頭來，偷覷了一眼韓宇森的神色。只見他仍舊如往常那樣從容，彷彿沒有察覺四周的異樣。

我們倆原先交握的手，不曉得何時已經鬆開了。我低頭看向自己空出來的手，莫名覺得有些空虛。

我又看向韓宇森的掌，回憶起他剛才的掌心溫度，非常熾熱，然而在這豔陽天裡卻沒有使我反感，反而使我備感安心。

這一刻，我竟然有點想去重新牽起他的手。

我們一路走入校門、穿越走廊、走上樓梯，最後在走廊上向彼此道別。我站在原地，直到他的身影逐漸從正面、側面最後轉為背影，緩緩淡出我的視線，我才終於鬆懈似地吐出一口氣。

「妳和韓宇森一起上學？」突然一道聲音在我耳畔響起，我驚訝地轉過頭去，映入眼簾的是張久岳的那雙鳳眼。

我默然一陣，才慢慢地回答：「……嗯，對。」我不曉得自己為何要心虛，但是當我看見張久岳，心裡卻有種莫名的罪惡感。

我原本以為張久岳又會說些什麼，卻見他垂下眼瞼，沉默不語。

過了好一陣子，他才緩緩說道：「……喔。」他沒有抬起頭來，只是轉過身，慢吞吞地朝自己班上走去。

我沒有喊住他，只是茫然地目送他離開。

韓宇森的變化很快引來了師生之間的騷動，連我們班都有人在討論這件事，我想學務處一定也收到了消息。

於是早自習鐘聲才剛敲響，我便匆匆地跑出教室，一路跑向六班。才剛到達目的地，就看見韓宇森正巧踏出教室的模樣。

我趕緊上前關心，「你被叫去學務處了嗎？」我望著韓宇森，問道。

韓宇森見到我，露出了一抹溫柔的笑，「是巧嘉啊。」

我沒有理會他的招呼，只是繼續問道：「是主任找你去的嗎？」

韓宇森笑容頓時消逝，臉色變得陰沉，他別開視線，輕輕應了聲：「……沒有。」

我一陣愣然，「什麼沒有？難道……不是主任？」

「巧嘉，我沒有被找去學務處。」一字一句，韓宇森的目光越發暗沉，我愕然地望著韓宇森。「只有班導提醒我要注意服裝儀容，僅此而已。」像是自嘲，韓宇森微微一笑。

我一時不知道該說些什麼，只是沉默地看著他。

在我想到要怎麼安慰韓宇森之前，一道熟悉的男聲傳來：「喂，發生什麼事了？」

我轉過頭，只見張久岳一臉擔憂地望著韓宇森。韓宇森只是微笑，沒有說話。他的沉默，似乎讓張久岳更加擔心了，眉頭緊緊蹙著。

此刻我和張久岳面面相覷，不知所措。我當然知道韓宇森可能會失敗，而且機率很高，但真正看見韓宇森那隱忍悲傷的模樣，我還是一句話都說不出來。

「要走嗎？」突然，張久岳的聲音劃破沉默。

韓宇森的目光緩緩轉向他，「……好。」

張久岳微微一詫，「明明你以前都會拒絕的……」

我茫然地眨著眼，「什麼？」

「妳別管啦！」張久岳撇撇嘴，怒道。

韓宇森無奈地看了他一眼，「張久岳，別這樣——巧嘉現在是我們的朋友了。」

「我們的朋友？」張久岳像是聽見了什麼笑話，笑彎了眼，下一秒笑意又煙消雲散，「韓宇森，別開玩笑了好不好。」

韓宇森沒有理會他的怨言，目光轉向我，柔聲問道：「巧嘉，要一起來嗎？」

「去哪？」我依舊茫然。

「……翹課啦！笨蛋。」張久岳像是不耐煩了，搶先回答。他的回答，似乎是默許了我的加入。

「你們以前也常翹課？」我問。

「不。」韓宇森笑道，「以前我忙著扮演乖學生，哪可能翹課呢？每次久岳這麼說，我總會拒絕。」他笑著說：「但是現在，因為巧嘉，所以我有了改變的勇氣，我不想再當個乖孩子了。」

「……聽你把翹課說得像是好事一樣。」我不禁噗哧一笑，忍不住打趣。

韓宇森只是微笑著。反倒是站在一旁的張久岳突然開口：「……好與不好，本來就是見仁見智。在我看來，翹課也只不過是對這個既有的體制，做出最卑微的抵抗。」

張久岳說出這段話時，眼神複雜。

我驚訝地看向他。我本來以為他只是個幼稚又莽撞的人，從沒想過他竟然會說出這種意味深長的話。

我還來不及從震驚中回神，就聽韓宇森柔聲問道：「所以，巧嘉要一起來嗎？不願意就拒絕吧，千萬別勉強，我不想讓妳感到不愉快。」

我雙手在空中揮舞，「不要這樣說！我去！我很願意的，真的！」

直到現在，韓宇森仍總是擔心我的意願，這其實讓我很懊惱。我多希望他能夠再多信任我一些，能夠將那些世俗的禮貌與客套全都拋諸腦後，能將我視作真正的夥伴……

沒關係。

等到時間久了，我相信自己一定能學會如何傾訴埋藏在心底的那些煩惱；等到那時，韓宇森一定就能對我全然放心了……

伴隨耳畔悠然的鐘聲，我們輕輕地踩著步伐。

***

站在熟悉的巷口前，我有些詫異。

韓宇森站在一旁，輕輕地向我解釋：「本來這裡人很少，幾乎不會有人經過，所以我和久岳常來這裡……」

「結果就被妳這笨蛋發現了！」張久岳在一旁癟著嘴說道。

「……抱歉。」我也不知道該說什麼，「我是暑假才搬到這附近的，也難怪你們之前沒碰過我。」

「妳不用道歉啦，這不是妳的錯，別聽張久岳的抱怨。」韓宇森笑著澄清，「不過，老實說這裡也不是挺安全。」韓宇森突然這麼說，「我抽菸的事還是被人撞見了，不是嗎？」他苦笑。

我想起張久岳在學務處氣沖沖質問我的畫面，忍不住困惑，「……你不懷疑是我說出去的嗎？」

「當然不。」韓宇森笑得溫柔。

這一刻，我看得有些出神，心思不由得飄到今早，他握住我手，髮絲在陽光下閃耀的模樣。

「……我倒是挺懷疑妳的。」張久岳哼了一聲，雙手抱著胸說道。

我怒瞪他一眼，正想出聲，卻聽韓宇森打圓場說道：「無論是誰說出去的，我現在都不介意被發現了，所以是誰說的早就無所謂了。何況，我相信不會是巧嘉的，從我第一眼看到她就這麼堅信。」

張久岳仍是一臉不滿，但氣焰斂了不少。我站在一旁，只能苦笑。

我和他們兩人慢慢走進熟悉的巷子裡，一直走到先前撞見他們倆的地方，我們才停下腳步。

韓宇森緩緩蹲下身，最後甚至直接席地而坐。張久岳則是倚在牆上，仰起頭看著天空。

我望著這樣的畫面，有種時間悄然回到第一次見到他們那天的錯覺。

我微微一笑，退到離他們至少兩公尺遠的地方。

「巧嘉，妳在做什麼？」韓宇森問我。

「回憶呀。」我說，「回憶第一次在這裡見到你們的畫面。」

韓宇森輕輕一笑。

接著，只見韓宇森從口袋裡掏出菸盒，熟練地抽出一根菸，叼在口中，神情認真地點起火。

一縷灰煙頓時從菸頭冉冉上升，我看著韓宇森的側臉逐漸模糊，被煙霧緩緩繚繞。他吸了一口，接著手指夾著菸蒂離開口中，長長地吁出一口氣。

我的鼻腔裡沁滿了菸臭味，一時之間，我還有些不敢置信這麼難聞的味道是源自韓宇森。

畢竟，韓宇森留給我的，全是美好的畫面。

此刻韓宇森就像是以手上那根菸、以煙霧模糊了所有我對他的美好想像與憧憬。

『如果能安穩生活，沒人會想自取毀滅。』

我想起這句話，眼眶被煙燻得有些泛濕。

我想，此刻是我最靠近韓宇森真實面目的時刻。他明明能活得比誰都來得耀眼，他卻親自選擇了模糊他美好的一切。

張久岳也默默地點起了菸，倚在牆上，靜靜地抽著菸。

我就這樣站在逐漸被白霧籠罩的這條巷子，意識也逐漸變得朦朧不清。我現在就像置身虛幻的世界裡，迷失方向。

我終能明白人們為什麼想抽菸。

因為抽菸而逐漸繚繞的煙霧，能令人暫時忘卻世界帶給自己的痛苦。

韓宇森抽菸抽得很兇，張久岳告訴我，韓宇森面對傷痛，總是佯裝雲淡風輕，但其實都靠抽菸來排遺傷心。

每次只要心情不好，韓宇森那天就一定會抽菸。

「我知道他總是想一直抽下去，恨不得把傷心的事情都抽掉，可是他自制力很強，一次抽掉半包已經算極限了。」張久岳嘆了口氣，只抽了一根菸的他，不曉得什麼時候已站到我身旁，留給韓宇森一個無形的空間。

「今天……他大概是真的受到打擊了……」張久岳補充道。

我望著地上滿滿的白色煙管，忍不住點頭。韓宇森今天，抽了至少兩包。

「韓宇森抽菸的時候，就像把所有人隔絕在外，將自己劃在自己的世界裡，我敢說，他的神情在抽菸的時候是最恐怖的。就像他父親一樣，有種漠視這個世界的感覺。」張久岳的話突然變得很多，「……有時候，真不曉得我教他抽菸到底對不對？」他低聲說道，語氣有著沮喪。

我望著張久岳的側臉，心裡也漾開一股難受的情緒。

張久岳雖然討厭我，但只要是碰到韓宇森的事，總會如此小心翼翼。我看得出來，張久岳真的非常珍惜韓宇森。

那麼珍貴的感情，卻曾經被我狠狠藐視，我心中對張久岳有些愧疚。

「對不起。」我輕輕地說道。

張久岳詫異地望著我，「啊？」

「……因為一些原因，我很討厭愛情這種東西，不只是我自己不想談戀愛，我也會毫無理由地對別人的戀情感到嗤之以鼻。」我別開目光，望向遠處的韓宇森，繼續對張久岳說道：「當我發現你對韓宇森的感情時，我其實在心裡狠狠地嘲笑了你……對不起。」

我一直覺得向張久岳道歉是種向他示弱的表現，可是在此刻，我卻是真心對他感到歉疚。哪怕他聽完我說的話會發怒，我也想好好地向他道歉。

「……其實，我並不是沒有發現啦。」張久岳沒有如我預期地那樣發怒，他深深地吸了一口氣，接著說道：「老實說，我的直覺很敏銳。尤其身為這個社會上不被接納的同性戀者，我對於鄙視、不屑、害怕或是厭惡，這些情緒，其實都能敏銳地察覺。」

我微微一詫，目光投向他。

「當我察覺妳很鄙視我對韓宇森的感情的時候，我的確很生氣，但也無能為力，因為我其實已經習慣了被這樣對待。」張久岳苦笑，視線也慢慢轉向我。

他看著我，語氣真摯認真，「但自從上次妳對我說了那些話，我才發現，妳並不像社會大多數的人，是因為我喜歡男生才這樣。妳絲毫沒有提起我的性向，而是用『喜歡』來定義我對韓宇森的感情。」

他垂下眼瞼，最後吐出這麼一段話：「其實我很感謝妳。謝謝妳沒有用異樣的眼光看待我，謝謝妳雖然鄙視我，卻仍是用『喜歡』來歸類我對韓宇森的感情，而不是把我歸類在『精神病』或是『異類』。」

我默然一陣，被他突然的感謝弄得有些不知所措。

明明我和張久岳本來總是針鋒相對的，現在氣氛突然急轉直下，我還來不及反應過來，只好隨意打趣道：「感謝我的話，你怎麼還那麼討厭我？」

「……那是危機感。」張久岳認真地回答了我的問題，我霎時愣住。

「雖然妳說，妳很討厭愛情這種東西，不想談戀愛，可是……」張久岳直直望著我，眼神複雜。我突然有種不妙的預感，嚥了口口水，「可是什麼？」

「妳看著韓宇森的時候，那種眼神，說不是『喜歡』，根本是騙人的吧？」

——張久岳這句話炸得我五雷轟頂，我腦袋頓時空白一片，我瞪大雙眼，望著張久岳。

張久岳垂下頭，語氣懊惱失落：「我不是討厭妳，只是……忌妒。」他頓了頓，「因為韓宇森……看起來也很喜歡妳。」

「你別開玩笑了！」我腦袋一熱，朝著張久岳大吼，我能感覺自己全身燙了起來，渾身細胞都在咆哮，「你懂什麼？不懂就別亂講話！」我語無倫次，只能不斷重複吼著：「不要開玩笑了！根本不可能！」

「發生什麼事了？」韓宇森被我的怒吼嚇到了，他從沉思之中猛然抽離，夾著菸蒂朝我們走來。

我死死咬著唇，低著頭不發一語，可是全身都因為隱忍怒火而不停抽搐發抖。

張久岳似乎嚇得不輕，一臉呆滯地盯著我，「……我也不知道發生什麼事了。」

韓宇森皺著眉，柔聲問道：「巧嘉，妳怎麼了？」他一邊問，一邊伸手要來拉我。

我聽見他那溫柔的聲音，忍不住又想起剛才張久岳說的話，我立刻甩開了他的手，「什麼事都沒有！」剎那，我心底後悔的情緒排山倒海而來，可是我卻不知道該如何道歉，我只能難堪地望著韓宇森，眼裡竟有眼淚在打轉。

「張久岳，你對她說了什麼嗎？」韓宇森冷聲問道，張久岳一臉驚訝，「哈！你覺得我欺負她？」他拉高音調，不敢置信地望著韓宇森。

「什麼事都沒有……」我逐漸冷靜，卻感到渾身癱軟，目光呆滯地盯著韓宇森，「張久岳沒有怎樣，真的。是我……是我太敏感了……」我一句話斷斷續續地，說都說不好。

我還停留在剛才的震驚之中無法回神，腦袋一片空白。

「江巧嘉，妳自己看，我跟韓宇森認識幾年了，少說也有十年！發生事情，他卻第一個關心妳、反過來懷疑我——這不是愛妳是什麼！」張久岳也按捺不住怒火，急急地向我吼道，我瞪著他，「你閉嘴！我才不要聽你胡言亂語！你這個瘋子！」

我們兩個不停地大吼，連自己罵些什麼也不曉得，只是指著對方鼻子不停破口怒罵，韓宇森夾在中間，不停想要推開我們兩個，「你們都別再說了！」韓宇森不停勸說，但我根本聽不進去，只是罵得越來越激動。

突然，我的怒火像被澆熄，我愣然地望著眼前的張久岳。只見他驀然蹲下身，摀住自己的臉，肩頭抽搐著，竟好像在哭。

「喂……」我愣然地出聲，原本繃緊的神經突然鬆懈，眼前也跟著模糊一片。

「張久岳，你怎麼了？喂，幹嘛哭啊……」韓宇森蹲下身，帶著驚訝的語氣關心他。

我抿抿唇，喘著大氣，良久才吐出這麼一句話：「對不起。」

張久岳一雙鳳眼噙著眼淚，盯著我。

「對不起……我太激動了。」我說。

張久岳只是別開視線，沒有回答也沒有任何反應，我只是看著他那黯淡的眼神，以及蒼白的臉色。

這次，我的確太莽撞了。被自己喜歡的人懷疑，張久岳的心情一定不好受，我卻這麼激動地指責他……明明他只是說出自己的臆測，我卻反應這麼大，甚至口出惡言……這次，是我太敏感了。

因為愧疚，我有點想哭，可是我仍是努力忍住，深怕因為自己的眼淚，又讓張久岳受到二次傷害。

我深吸一口氣，又輕輕地吐出來，試圖平復自己的情緒。

韓宇森仍是茫然，目光在我和張久岳之間來回打量。我垂下眼瞼，對著韓宇森說道：「我、我先走了……對不起。」說完，我立刻往前衝，頭也不回地逃離這讓我窒息的空間。

＊＊＊

隔天一早，我一踏出家門，立刻就看見等在門口的韓宇森和張久岳，我忍不住別開視線，忐忑地問：「你們……怎麼在這裡？」

「他是來道歉的。」韓宇森微微一笑，指著張久岳。

「……你沒什麼好道歉的。」我望向張久岳，「是我的錯。」

「我也是這麼覺得的。」張久岳看了一眼韓宇森，不滿的神色全寫在臉上。

「喂。」韓宇森笑著瞪他一眼，張久岳這才摸摸鼻子，不情願地向我說道：「對不起。」

我苦笑，「……我說過了，這真的不是張久岳的錯。」

「雖然我還是不知道你們怎麼會吵架，但既然吵架，那代表兩方都有惹對方生氣的地方。巧嘉昨天已經道過歉了，張久岳理當也該道歉。」韓宇森拍了拍張久岳的肩膀。

我沉默，微笑望著他們，但心底那份尷尬仍是沒有消散。

昨晚，我整夜無眠，腦海不停回放著張久岳說我喜歡韓宇森的話。如今想來，我依舊很生氣，可是我昨天那過度的反應，竟有些像欲蓋彌彰，為此我感到很懊惱，見到他們也有種莫名的躁動，似乎很排斥見到他們兩個。

「既然彼此都道歉了，那事情應該就告一段落了吧？」韓宇森笑問，「走吧，我們一起去上學。」

我們三人都空著手，沒有拿書包，因為昨天翹課後連學校也沒有回去，直接回家了，想必學校那邊一定鬧得人仰馬翻。

昨晚奶奶一看見我回家，就拉著我狠狠罵了一頓。她說學校打給媽媽，確認我的行蹤，媽媽實在不曉得，只好又打到奶奶家去問，鬧得大家都緊張兮兮的。我打算今天回媽媽家一趟，讓媽媽放心。

三個人走在巷口，我不知不覺就走在韓宇森與張久岳之間，即使巷子狹窄了些，也沒人抱怨。

我不知道他們兩個正在想些什麼，彼此都沉默著，一句話也沒說。

我的鼻腔再度充滿濃濃菸味，我走在兩人之間，一時之間竟不知道那菸味到底出自誰身上，因為今天，我完全沒有聞到韓宇森身上那股止汗劑的味道。

「……你今天沒有噴止汗劑嗎？」我按捺不住心中好奇，向韓宇森問道。韓宇森微微一愣，接著微笑，「原來妳有發現我平時有噴那個？」

我點點頭。

「以前為了掩飾抽菸的習慣，我總是會噴止汗劑，畢竟噴香水太刻意，但很多同學都會噴止汗劑，所以似乎比較自然一點。」韓宇森笑著說道，「不過，我今天的確沒有噴喔。我都已經選擇放棄演個乖學生了，幹嘛又怕抽菸的事被發現？妳說是吧。」

我輕輕點頭，心裡卻有點莫名的空虛。總覺得，韓宇森正在將自己所有美好的形象，全數模糊摧毀。

我知道他的真實面目並不美好，他現在只是坦誠相對罷了。可是我心裡就是莫名地希望他能保留那樣美好的模樣……

想起他被煙霧模糊的臉龐，我心中生出一股難以言明的情緒，有種不好的預感。

——現在我就像是眼睜睜看著他，慢慢地、慢慢地被黑暗籠罩包圍。

我搖搖頭，把這個想法驅趕出腦海。我寧可相信這只是我多慮了。

第三章：死結

一到學校，班上所有人都盯著我瞧。我知道自己昨天翹課的事大概惹來不小風波，我默默承受那些目光、默默地在位子上坐下。

「……巧嘉。」我聽見熟悉的聲音在我面前響起，我抬起頭，只見尤妮妮就站在我面前。

我並不想和尤妮妮說話，我對她還殘存著尷尬與惱怒，不知道該如何與她好好對話。

「妳昨天為什麼突然消失？」她問，眉頭緊蹙。她的眼神不再是擔心的模樣，反而摻了些許責怪和鄙夷。

「……沒什麼。」我垂下眼瞼。

「我學姊說，那個韓宇森和張久岳就是她之前在巷子裡撞見在抽菸的人。」尤妮妮依然皺著眉，「韓宇森看起來雖然正常，但和那個張久岳混在一起一定不是什麼好學生，至於那個張久岳，風評很差，常常翹課、帶違禁品來學校……甚至有以前跟他同個國中的人說，張久岳喜歡男生，國小時還曾騷擾過自己的同學……巧嘉，妳為什麼最近總是和那種人走在一起？」

我愣然地瞪大雙眼，心中頓時燒起怒火，「尤妮妮，妳知道自己在說什麼嗎？」我隱忍怒意，「妳有親自接觸過他們嗎，憑什麼在這裡對他們妄下定論？『那種人』是哪種人？」

我第一次對尤妮妮感到這麼憤怒和厭惡，渾身抽搐著，我站起身，直直瞪著她。

尤妮妮震驚地望著我，「巧嘉，妳變了……妳以前不是這樣的！」

「我以前怎麼了？」我提高音調，問道，「妳怎麼都沒有想過，可能是妳根本不了解我？」

尤妮妮無法置信地望著我，眼睛閃著淚光，「巧嘉……」

「不要再說了！」我吼道，「我不想討厭妳，妮妮，就算妳現在跟我不是朋友了，我也不想討厭妳——可是，妳的言行舉止總是讓我忍不住對妳產生厭惡。」我長吁一口氣，努力抑止怒氣。

尤妮妮垂下頭，雙手緊緊握著拳，似乎也是在隱忍憤怒。

看到這樣的她，我的態度就倏然軟下來。

尤妮妮在我眼中，終究還是個懵懂的女孩，我所經歷的痛苦，她不能理解，我又怎麼能責怪她？

我嘆了口氣，走到她身旁，輕拍她的肩膀，語重心長地開口：「妮妮，我和妳，不是同一個世界的人。我們本來就不該成為朋友的，我們的思維差距太大……適合我的，是像韓宇森那樣，與我同病相憐的人。」

我頓了頓，又說：「或許妳無法理解我們的行徑，可是妳要知道，如果能安穩生活，沒人會想自取毀滅。」我套用了張久岳曾經說過的話，只覺得現在更能理解張久岳當初說出這句話的心境，像是說給對方聽，但其實是說給自己……

尤妮妮的眼神很茫然，怒意卻逐漸消逝。

我微微一笑，不再多說，回到自己的座位，做起自己的事情。

我不知道尤妮妮能聽懂多少，只求她能夠不再擔心我、也不再對韓宇森與張久岳有所誤解。

＊＊＊

當天晚上，我回到媽媽家。出來應門的仍是楚念軒，我向他微微一笑，卻見他眉頭微擰，對我說道：「妳媽有點生氣，自己小心點。」說完，他將門打開，讓我進屋。

我微微一愣，這才反應過來，斂下笑容，小心翼翼地踏入屋內。

母親坐在客廳上，仍是目不轉睛地看著準時在七點鐘播出的節目。她知道我來了，但仍是沉默以對。

楚念軒從廚房裡倒了一杯開水給我，示意我先坐下。正當我微蹲，準備坐下時，聽見母親冷聲喝斥：「有人說妳可以坐下嗎？」她的目光仍是緊盯著螢幕。

我的動作頓時停住，不上不下，不知道該怎麼辦才好，此刻我感到有些困窘。

我慢慢直起身子，喝了一口杯子裡的開水，再把杯子放到桌上。

我就這樣直挺挺地站著，望著媽媽的側臉。此刻我就像是站在學務處陷入窘境的韓宇森，看似平靜，其實心裡七上八下。

節目恰好暫停，進入廣告時間，媽媽終於轉過頭來看我，她板著一張臉，問道：「妳翹課？」

「對。」我大方承認，頭卻默默地垂下，不敢正眼看她。

「……有什麼原因嗎？」

我搖搖頭，默然一陣，「……沒有。」

「學校打給我的時候，說妳是跟另外兩位男同學一起缺席的。其中一個還是讓師長很頭痛的壞學生……妳為什麼要和他們走在一起？」

我全身一震，目光愕然地望著母親。沒想到，媽媽竟會問我和妮妮一樣的問題——她的語氣，就像是在指責我交到了壞朋友。

我的心裡頓時衝上許多情緒，有生氣，有懊惱，也有難以置信，但更多的是難過。

尤妮妮說出這種話，我已怒不可遏，此刻我完全無法相信，這種惡劣的質問，竟是出自媽媽口中……

「妳覺得我交到壞朋友了？」我艱難地問出口，「妳因為聽說張久岳是壞學生，所以就覺得他真的是壞學生？」我提高語調，感覺渾身開始燥熱。

我無法理解，為什麼所有人都要單憑「聽說」來認識一個人。

我想起張久岳說的那些話——

『當我察覺妳很鄙視我對韓宇森的感情的時候，我的確很生氣，但也無能為力，因為我其實已經習慣了被這樣對待。』

想起他口中的「習慣」，憤怒之情油然而生，我望著母親，「我翹課，妳生氣是理所當然的；可是，張久岳他不是什麼壞人，真的！為什麼要憑著別人的一言兩語就對張久岳妄下定論？」

「可是他的確帶著妳翹課，不是嗎？」母親望著我，眼神冰冷。

我被問得無話可說，只能瞠著眼，微張嘴巴卻一句話也答不出口。

「帶著我女兒翹課，哪怕我連他是圓是扁都不知道，我也可以直接說他是個壞孩子！」媽媽似乎也動了怒，緊緊皺著眉，「巧嘉，除了妳對高鵬的態度，我一直都覺得妳是個乖孩子，從沒讓我擔心……可是這次，妳真的讓我失望透頂！妳現在一點悔意也沒有，還對媽媽大小聲的，成何體統？」媽媽拉高聲調，氣沖沖地瞪著我。

我把頭垂得很低，全身都在顫抖，我雙手緊緊攥成拳狀，能感覺心跳因為憤怒而瘋狂地鼓譟著——最後，像是到了極限，巔峰過後一顆心狠狠摔落，深陷悲傷之中。

我摀住自己的臉，耳畔不斷縈繞著母親那句「失望透頂」。

我一直努力在守護她，努力到失去了天真，連最好的朋友都因此與我分道揚鑣……我為她犧牲了我的童年、我的青春，因為她而承受了那麼多的苦痛……這些，她知道嗎？憑什麼對我失望？她怎麼能夠對我失望……

我是多麼渴望，能夠與她擁有一個美好幸福的家庭，好不容易我已覺得漸漸靠近，她為什麼現在卻親手將我的憧憬破壞殆盡？

我轉過身，想要忍住眼淚，眼淚卻還是撲簌簌地往下墜落。

我直接往門口跑去，母親沒有叫住我，我就這樣跑出門外，狂奔似地跑下樓梯。

眼前因為淚水而模糊一片，我看不清腳下的階梯，我的腳卻自己跑得飛快——

我聽見有腳步聲在後頭追趕著我，我下意識跑得更快，想要甩掉後頭的人。

然而就在我踩下最後一階的同時，我被人一把拉住，轉了一個大圈，最後映入眼簾的是楚念軒繃緊的面孔。

我的淚水再也無法控制，像是潰堤一般嘩啦啦地往下流，楚念軒的面容變得朦朧，我聽見他用那沉沉的嗓音開口：「巧嘉，聽我說……」

他的聲音很柔，比起平常那沉穩的語氣，更添幾分輾轉。

我一邊抹掉自己的眼淚，一邊想認真看清他的臉，卻只是徒勞無功。

「別怪青琳，她只是太擔心了……妳應該不曉得，她從接到消息後，就找了妳一整天，她從妳的高中找到妳讀過的國中、國小、還有妳可能會去的每一個地方，一整天下來，連一滴水也沒沾。」楚念軒嘆了口氣，又說：「妳有資格生氣，可是不要責怪她……」

我只是哭得更兇了，腦袋一片空白。

「雖然青琳心中的第一位不是妳，」楚念軒目光沉著地望著我，「但我敢說，她一定是最愛妳的人。」

我一句話也聽不進去，只是不斷地哭，抽噎著說道：「不要再說了……我不想聽……」我還是無法從母親那句「失望透頂」帶給我的悲傷中抽離，我無法理解，她怎麼能這麼輕易地對我失望，而我這漫長的歲月以來，卻從來沒有放棄過她，這一點也不公平。

楚念軒又嘆了口氣，「……巧嘉，千萬別讓一時的怒氣，讓未來的自己後悔。」這次他的語氣更加溫柔了。

不曉得什麼時候，我感覺到臉上有一股溫熱，是楚念軒的手，他輕輕替我抹掉眼淚。

「好了，擦擦眼淚吧。」他微微一笑，「哭得這麼兇，明天眼睛肯定腫得很慘。我送妳回家，好好休息，想清楚後再回來找青琳說清楚吧，嗯？」

我只是不停地點頭，就連他說了什麼，我都聽得不是很明白，腦袋因為哭泣而痛得厲害，一時之間什麼都無法思考。

後來，我努力避免自己回想母親那天的神色。只要一回想起她的話，我就眼眶發熱。

本來先前約好的，每個禮拜回家一次，也早就失約了。

我和母親，從原本的疏離、後來的逐漸靠近、到現在漸行漸遠。我不知道究竟是哪裡出了錯——我們怎麼就變成現在這樣了呢？

『但我敢說，她一定是最愛妳的人。』楚念軒的那句話，偶爾會在耳邊響起。若是以前的我聽到這句話，大概會釋懷許多；可是聽過母親說自己對我感到失望以後，我突然覺得楚念軒的那句話變得一點說服力也沒有。

一直以來，儘管有再多痛苦，我都挺過來了。也許，我會那麼努力，全是希望有一天，媽媽可以告訴我：妳做得很棒……謝謝妳沒有放棄媽媽，一直走到了現在……

如果那一天能夠到來，那麼我曾經嚐到的寂寞與傷心，全都可以一筆勾銷。

可是，我卻遲遲等不到這句話，反而等到了「失望透頂」的評價……我無法讓自己嚐到的寂寞就此算了，過去十幾年來的委屈，現在全化為無聲的抵抗，讓我抵抗繼續去守護母親。

明知終究會是徒勞無功的事，我為什麼要一直堅持下去？堅持只會讓我得來滿身傷痕，別無其他。

＊＊＊

為親情而痛苦煩惱的，似乎不只我一個人而已。一天過去一天，我看著韓宇森腳下多了越來越多的菸蒂。

儘管他每天儀容不整地走進校園，頂多也只是教官告誡幾句，要他中午罰站，學務主任再也沒找過他。

主任就像是已經盡完自己的義務，對學生曾經給予關心後，就能夠撒手不管了——他就像是，忘了自己是韓宇森的父親。

韓宇森雖然嘴上不說，但看著他日漸猖狂的煙癮，我知道他其實很沮喪。

每天，我看著他的面孔因煙霧而變得朦朧難辨，那種他正在悄然被黑暗包圍的想法又再度襲上我的心頭。而且，我漸漸無法說服自己那只是多慮。

和韓宇森走在一起的時候，他身上日復一日漸濃的煙味總讓我忍不住蹙起眉頭，心裡更是不受控制地擔憂。

——就像隨著止汗劑的停用，韓宇森的外殼正在悄然斑駁掉落。我多麼擔心，他有一天會就此崩解，在我眼前崩裂消逝。

張久岳似乎也察覺了韓宇森的變化，整日神色惴惴不安。

雖然我們曾經有過那場爭吵，直到現在我碰見他，也總會想要迴避，但只要一碰上韓宇森的事，我們兩個就會異常地團結。

我先前因為張久岳那些話而對他們倆感到排斥的心緒，全因為韓宇森突如其來的變化而變得沉寂。

我無暇去想那些話，現下的當務之急果然還是擔心韓宇森。

「……妳也發現了？」張久岳站在我身旁，目光盯著遠方抽著菸的韓宇森，語氣沉重，「他最近就像是演不下去一樣，有時候好像連笑容都裝不出來了，學校很多人也有在討論他最近的變化。」

我嘆了口氣，「我知道，我也有聽過班上的人在討論……說他自從抽菸被抓到以後，好像就原形畢露了，以前遇到認識的同學總會打招呼，現在連正眼都不會看別人了。」

張久岳沉默一陣，「雖然早就料到會有這天，卻沒想過會這麼快。」

「哪天？」我愕然，不解地望向他。

「……連我的話都勸不住他的那天。」張久岳深吸一口氣，又緩緩吐出，「國二那時算是他的低潮期，甚至嘗試過自殺，幸好我找到一個還不錯的說法，說服他不要想死，當下我非常慶幸，想著幸好他還沒有消極到這種程度。但是……我知道，這種說法總有一天也會攔不住他。」張久岳的語氣充滿無奈。

我想起韓宇森曾說過，當他想要死的時候，是張久岳的話支持著他走到了現在。

我輕輕點頭。

我也清楚，一個人消極起來，任誰怎麼說也無法撼動，就像心裡打了個死結，無論怎麼解也解不開，除非自己想通了，用剪刀喀嚓一聲，一刀兩斷。

現在，我和張久岳就像正在目睹韓宇森將自己的心慢慢打上一個死結……還沒纏死，但就快了。

＊＊＊

日子越來越接近校慶了，今年高二園遊會每班都必須擺攤。早自習的時候，班長帶著大家一起討論我們要賣什麼東西。

這是分班後的第一次大型團體活動，大家都顯得很興奮，我卻興致缺缺，最近遇到的事情太多，令人煩心。投票表決的時候，我也是隨便就舉了手，成為被人群淹沒的一員。

我坐在位子上望著同學們，雖然其中有些人屬意的選項不幸落選了，可是他們臉上仍是充滿笑容。對於自己無法得到的事物，大家為什麼能這麼樂觀呢……我不禁納悶。

下課鐘聲一敲響，明明班長就已宣布散會，全班卻幾乎都還沉浸在熱絡的氣氛之中，似乎沒人想踏出教室，大家都待在教室裡，討論得非常起勁。

只有我，想也沒想地站起身，成為那個第一個踏出教室的人。

自從先前翹課的前科，我猜大家大概都已認定我是個不務正業的學生。全班三十幾個人裡面，大概也只有尤妮妮知道我以前在師長眼中有多麼乖巧，從不惹事生非。

想到這裡，我恍然大悟，為什麼尤妮妮認為我變了。因為我以前沒將真正的自己表現出來，好不容易終於能擺脫偽裝，卻換得「變質」的污名。其實我從沒變，是過去從沒有人了解我的本質。

但我現在找到了能夠明白我的人。

我朝著對方露出燦笑，韓宇森見到我，只是微掀起薄唇，說道：「巧嘉，等我一下。」

我站在他們班的走廊上等待，聽見裡頭鼓譟的歡呼與議論聲，我捕捉到一些字眼，發現他們也正在表決園遊會上要賣的商品。

「你們班決定要賣什麼了？」見到韓宇森大步走出來，我笑問。

他臉上沒什麼表情，只是輕抿了唇，露出若有似無的淡笑，「我不曉得，我沒在聽。」

我莞爾一笑，「我們班要賣吐司夾肉片，聽起來還不錯吧？」

韓宇森只是點點頭，輕聲應道：「嗯。」

我看見他修長的手指正在顫動，輕輕地去捏自己的襯衫下襬，又猶豫似地輕觸自己襯衫左胸上的口袋。

我瞬間沉默下來，一顆心像是沉到了最底，我皺眉望著他，「……很想抽菸嗎？」我問。

「沒關係。」韓宇森的手立刻放下，緊貼褲縫，「放學再說吧……我現在不太想翹課，要是我翹課，妳和張久岳一定會跟著來……我不想連累你們。」他垂下眼瞼，又說：「抱歉，讓妳看見這麼難堪的一幕。我該再收斂點的，真的有點成癮了。」

「別跟我道歉呀……」我懊惱地望著他，接下來卻再也想不到能說什麼，只好又再次澄清：「別再說什麼會給我添麻煩的話了，我們是同伴啊，記得嗎？」

韓宇森只是沉默，默默別過了視線。

我看得眼眶發熱，但我還是勉強露出一抹笑容，說道：「如果我告訴你我的一切，你會比較安心嗎？」我輕輕地問出自己一直以來的疑問。他看向我，有些困惑的樣子。

「你為什麼總是不對我放心？我說過了，自己和你是同伴，我們都擁有鬱悶的、苦惱的事情，我們想要到達的目標，一直都是同一個，我們就像一個團隊……可是，你為什麼還是處處擔心我？擔心我會不會介意這個、會不會在意那個……」

我不曉得該怎麼用言語來形容，總而言之，我心中所期盼的絕不是他不停擔心我，我希望他能更相信我與他是一夥的，他想去做的我一定支持、他想反抗的我一定跟著抗爭到底。

我們早在相遇的那一刻就成了生命共同體，我以為他懂、以為他也是這麼想的——可是他總是顧慮著許多小事，讓我覺得自己與他之間的距離，變得好遙遠。

「……巧嘉，抱歉。」韓宇森嘆了口氣，臉色越發蒼白了，「妳真的不必告訴我什麼，我願意相信妳、我很相信妳，真的。光憑感覺，我就能認定妳和我是同一種人。」他頓了頓，望著我的眼神真摯，「我總是會忍不住去顧慮妳的感受，我以為這樣是尊重妳，卻不知道，原來妳不喜歡這樣。」

我露出笑容，「對，我不喜歡那樣，那樣會讓我覺得離你很遠。所以，以後不要這樣了，好不好？」我問。

我眨著眼，不解地望著他，「什麼？」

韓宇森漾起一抹淡笑，「巧嘉，妳有沒有想過……我這麼顧慮妳，是因為什麼？」

韓宇森原本蒼白的臉色上漾起紅暈，「那全是因為，我很在乎妳，巧嘉。」韓宇森揚起一抹近來罕見的燦笑，對我亮出一口白牙，他的眼神突然像是注入亮光，幽深黑暗的眼底驀然閃爍晶亮。

我看得有些愣然，微瞠雙眸望著他。他眼底的光亮很快就消散了，取而代之的是沉寂許久的黑暗——就如曇花一現。

但哪怕只是曇花一現，能再看見他那樣笑、能再看見他那樣充滿希望的眼眸……我也已感到萬分欣喜。

「謝謝你。」我笑道。

韓宇森微微一詫，「謝什麼？」我沒有回答，心裡卻默默地浮現他方才的燦爛笑容。謝謝他願意在我面前，露出希望的曙光。

＊＊＊

約莫一個禮拜後的傍晚，我的手機鈴聲響起，上頭顯示著「媽媽」。是從家裡打來的電話。看著來電顯示，我遲遲沒有按下通話鍵，心中又驚又怕，不曉得媽媽為了什麼打來。最後，我仍是牙一咬，滑開通話鍵，把手機靠到耳畔。

對方先出聲了：「是我。」聽見這聲音，我微微一愣，「……楚念軒？」

「校慶的邀請函寄來家裡了。」楚念軒淡淡地說著，「青琳要我轉告妳，她不會去。」

我默然半晌，才緩緩問道：「她要你轉告我的？」

電話那頭也沉寂了半晌，低沉的嗓音才悠悠傳來：「抱歉，妳媽沒請我這麼做……知道她不願意去之後，我自作主張打給妳的。」

「不，你不用道歉。」我苦笑，「我只是覺得，她不太可能這麼大費周章請你轉告我。」我頓了頓，又補充說道：「你可能不清楚，我媽從沒有參加過我學校的活動，無論是家長會、畢業典禮還是運動會，從來沒有。何況我們的關係，現在變得這麼差……我本來就沒想過她會來。」

電話那頭沉默了。

「但還是謝謝你特地打來告訴我。」我輕聲道謝。我的眼眶熱了起來，連說話也有些哽咽：「那，我要掛電話囉……」

「等等，巧嘉，」楚念軒醇厚低沉的嗓音傳來，「……該脆弱的時候就脆弱，沒什麼不對，並不是一味逞強就叫成熟。」我聽見他透過電話傳來的呼吸聲，「想哭卻不知道該向誰哭訴的時候，我很樂意傾聽。」

聽到這些話，我的眼淚像是瞬間匯集成一條汪汪大河，緩緩從眼角滲出流下……我摀住自己發酸的眼睛，趕緊把電話掛斷，深怕自己啜泣的聲音被聽見。

直到掛斷電話，將手機從耳邊拿開，我的腦海仍然不停回放楚念軒所說的話——

『該脆弱的時候就脆弱，沒什麼不對，並不是一味逞強就叫成熟。』

『想哭卻不知道該向誰哭訴的時候，我很樂意傾聽。』

聽見這些話，我突然覺得自己在楚念軒面前，終於能變回孩子，終於擁有了哭泣的權利……

我苦苦一笑，眼淚仍是不停地下墜，卻覺得胸口不那麼疼了。

＊＊＊

一年一度的校慶活動在星期六早晨火熱地展開，一早大家就忙進忙出，忙著擺設、貼宣傳海報。

我們班採取的分工模式是分組輪流顧攤，全班共分成五組，在固定時間負責攤位的各種大小事，包括招呼客人、煎肉、收錢……

我被編排在第二組，恰好是人潮最多的正午時段，我為此有些苦惱，本來想找人跟自己換，可是發現自己在班上根本不認識什麼人，頂多叫得出名字，其實一點也不熟。於是我只好硬著頭皮，接受了這樣的分組。

我和第一組的同學換班時，他們看起來都是神采奕奕，一點也沒有疲倦的樣子，甚至有人拿著鍋鏟，哪怕都過了輪班時間也不肯放下，直說自己已經煎到上癮了，懇求我晚點交班，讓他再煎一下。

我站在一旁默默地等他願意放下鍋鏟，目光飄向人潮擁擠的遠方。

今天很熱，烈陽照得整座操場幾乎冒煙，我站在煎鍋旁邊早已滿身大汗，也聞到自己渾身的油煙味，但我絲毫不在意，抹掉自己的汗水，繼續望著遠方發呆。

我不禁想起楚念軒打來的那通電話。

——媽媽不會來。

媽媽的確從來沒參與過我的學校活動。以前，我會告訴自己，那是因為媽媽跟我的關係不好，所以沒來是很正常的，加上我以前其實對母親有些厭惡，認為她根本不愛我這個女兒。

可是正因為我和媽媽曾經慢慢靠近彼此、曾經快要修復破裂的母女關係，現在又被突然地拉開距離，所以這種失落感才顯得這麼濃厚。

是不是因為我知道，她其實是愛我的，所以現在聽到她不來的消息，才使我打擊這麼大？

我抿住唇，踮了踮腳，只覺得腦子亂成一片，根本無法思考。

驀然，一道熟悉的聲音將我拉回現實——「嗨，巧嘉。」我愕然地抬起頭，看著熟悉的那張臉，幾乎說不出話來。

楚念軒笑得柔和，像春天的暖風，與現在熾熱的陽光形成對比，「……你怎麼在這裡？」我驚訝地問。

我的目光忍不住打量四周，我不知道自己究竟還在期待什麼，只是下意識地就有些盼望自己的妄想能夠成真——

「抱歉，我一個人來的。」楚念軒的道歉打破了我的妄想。

我抿緊唇，看著他充滿懊悔的眼神。

「青琳今天是真的有工作……」他似乎想解釋什麼，但我認為那只是雪上加霜，於是出聲打岔：「沒事的，我知道。」我勉強一笑。

楚念軒只是沉默，靜靜地看著我。

「喂！江巧嘉。」突然，又有人叫我，我詫異地看去，只見張久岳手裡拿著錢包對我招手。

我一邊走過去，一邊出聲問：「幹嘛？」

「韓宇森被派去校外搬冰塊了，他叫我一定要先來幫他買妳們班的吐司，不然怕再晚一點就賣光了。」張久岳站了個三七步，雙手仍是抱胸，一臉踐樣。

可能是因為像個小弟被吩咐跑腿的緣故，他的耳根泛著羞窘的紅。看著這樣的他，我忍不住噗哧一笑，結果換得他的狠狠一瞪。

我斂去笑容，故作正經，「哦，所以呢？」

「妳替他留一份，待會再自己送去給他吧。」他說，目光輕輕挪開。

「為什麼？」我納悶，「不是他請你來買的嗎？」

「……他大概比較想見到妳。」張久岳的語氣有些低落。

我還來不及反應，就感覺手裡被塞了幾個冰涼的東西，我攤開手掌，發現是三個十元銅板。

「我付錢了，這份吐司就當我請他的。」張久岳一邊走，一邊喊道：「我走了，掰。」

我愣然地看著他越走越遠，一時之間腦袋還轉不過來。

那句「他大概比較想見到妳」究竟是什麼意思？

「是朋友？」楚念軒不曉得何時已經靠了過來，問道。

我看向他，無奈一笑，「啊，算是吧……」我頓了頓，突然想起了什麼，問道：「我要幫朋友弄一份吐司，你也要嗎？」

楚念軒微微一笑，「不用，我很快就要走了，待會還有客戶。」

我一愣，「難道說……你是專程來見我的？」

「不然呢？」楚念軒笑得無奈，摸了摸我的頭，我傻傻地看著他，又聽他說了些什麼：「還記得我說的吧？想傾訴的時候，就來找我。」

我抿了抿唇，垂下眼瞼，半晌才說道：「……有時候，心事藏得太深，早就忘了該怎麼說。」

我想起自己和韓宇森，明明自己很想告訴韓宇森一切，可是終究沒有說出口。

「沒關係。」楚念軒笑道，「我沒必要知道妳的什麼，妳本來就不一定要說。我只是希望妳別悶在心裡。」

他頓了頓，又道：「妳看起來，總是很憂鬱的感覺。」話音未落，他突然指向一旁的學生，「妳該擁有的，是像他們一樣燦爛的笑容。妳還是個孩子，不是嗎？」

我因為楚念軒的話而愣住——我從沒想過，會有人對我說「妳是個孩子」。聽到這句話，我不知道自己該是什麼反應，是喜極而泣，還是生氣不滿？

我只知道自己現在心情非常平靜——聽見楚念軒對我說出這句話，我不開心也不生氣，明明「孩子」這個詞是我時常記掛在心頭的敏感字彙，此刻我卻毫無動搖。

——就好像從楚念軒口中聽見這句話，極其自然，一點也不須訝異。

我不禁露出笑容，「……我知道了。」

楚念軒笑意更深，「那就好。」他說，「沒事的話，我先走了。」

我點點頭，對著楚念軒的背影揮著手。

最後我放下自己的手，輕輕抿起自己的下唇，目送楚念軒的背影漸行漸遠。

「江巧嘉！」有同學在叫我，我轉過頭去，只見同學笑盈盈地拿著鍋鏟，對我說道：「抱歉，我還想再煎一下……可以麻煩妳替我去校門口跟班導拿補充的冷凍肉片嗎？」

語畢，同學臉上露出有些忐忑的神情，「啊，妳不願意也沒關係的。」

我跟班上同學都不熟，他們說話時，雖然保有少年的放肆，卻還是摻了一絲小心翼翼。這瞬間我又覺得自己做回了大人，心裡泛開一股莫名的排斥感。直到想起楚念軒剛才說我是孩子，我才稍微釋懷了些。

我抽抽自己的嘴角，說道：「沒關係，我去吧。」心裡其實覺得有些麻煩，但我也沒理由拒絕。

對方向我道了謝，接著又埋頭繼續煎肉。

我向前走了幾步，像是想起什麼，轉頭向同學問道：「對了，可以麻煩你替我預留一份吐司肉片嗎？」

同學很快地答應了。我這才微微一笑，輕聲道謝。

我用手機撥了通電話給班導，告訴她去幫忙搬肉的人臨時變成我，順便問了一下她大概會在校門口的哪裡等我。

我一邊講著電話，一邊擠過隨時要將我淹沒的人潮，非得要把聲音提高到最大才能聽見自己的聲音。

一出校門，我馬上看見班導站在那兒，身旁停了一台摩托車，上頭放了一個大紙箱。

班導看見我的時候，臉色明顯一僵，半晌才轉而露出淡笑，接著故作輕鬆地向我打招呼：「哎，巧嘉，謝謝妳來幫忙啊！」

我沒有理會她，反正我無論怎麼做，都不可能改變她對我既存的刻板印象，何況我也不想改變什麼。班導對我的定論，早在我翹課的那一天就被決定了。

我默默地走上前，自摩托車上抬起那沉甸甸的紙箱。班導一邊幫忙把紙箱抬到我懷裡，一邊碎嘴罵道：「幹嘛臨時換人？女生力氣那麼小，哪抬得動！」

我沒在聽她說話，思緒飄到遠方——馬路對面的紅磚道上，站著一抹熟悉的人影。

我看見韓宇森與我維持同樣的動作，他也同樣站在一台摩托車前，吃力地皺起臉，雙手死死撐著裝滿冰塊的箱子，避免箱子掉下去。

我看了，忍不住一笑，朝他扯開嗓子喊了聲：「韓宇森！」

在我喊出口的瞬間，我感覺懷裡的紙箱往旁邊偏了點，幾乎就要滑下去了——我趕緊將視線挪回來，努力地把紙箱喬到懷裡，確定安全後才又把頭轉回韓宇森的方向。

我轉頭的瞬間，先是看了一眼紅綠燈，發現上頭的小綠人正在奮力奔跑——那代表就快變成紅燈了。

接著我看見韓宇森對我笑得明朗，抱著大箱子，突然往前邁了幾步，然後開始跑起來，踏過印在柏油路上的斑馬線，似乎是想在變紅燈之前跑到我這邊來。

我驚訝地大喊：「喂！要變紅燈了！」我想阻止他，可是他已經跑到了馬路的中央，進也不是、退也不是，他絲毫沒有要退縮的意思，只是鐵了心往我這裡奔來。

我無奈一笑，同時有些擔心，替他左右看了來車——迅雷不及掩耳，一台車驀然轉入路口，攔腰橫切過那條斑馬線——來得太突然，我什麼都還來不及反應，只聽見自己的聲音在空氣裡撕扯開來：

「喂，小心啊——」

我聽見班導在我耳畔的尖叫聲，銳利得令我瞇起雙眼，雙手死死捧著的箱子倏然像崩落一般從我懷中跌落。

——與此同時，我瞳孔裡倒映著韓宇森在那台轎車的引擎蓋上翻滾一圈，最後重重摔落的畫面。

一瞬間，馬路上的所有車像是靜止了，本來鼓譟的盛夏蟬鳴，也彷彿在這一秒安靜了下來。

我的眼淚瞬間湧上眼眶，我踢開落在腳上的紙箱，不顧正在發疼的腳，衝向那個躺在馬路中央的男孩。

「喂，江巧嘉——」班導的聲音在我身後響起，她歇斯底里地大叫著。

我頭也不回地往他奔去，眼裡只剩下韓宇森的身影，再也容不下其他。

＊＊＊

一切都來得太過突然。我完全不曉得自己是怎麼來到醫院的，依稀回想是跟著學校護士阿姨坐上救護車，一路哭著來的。

我茫然地把頭倚在醫院牆上，只覺得四肢癱軟、眼冒金星，我不停地冒冷汗，渾身因為畏寒而打著顫；肚子翻滾攪動的猛浪讓我幾乎直不了身子，我卻連伸手去摀住自己的肚子都使不上力。

放眼望去全是一片白茫，我聽見護士阿姨坐在我的旁邊，顫抖著嗓音說道：「妳別擔心……韓同學不會有事的，剛剛被撞了還是意識清楚，傷勢看起來也不重，妳看，醫生也只是說要做幾項檢查而已，事情沒那麼糟。」

我選擇相信她的話，轉頭過去向她露出一抹哀戚的笑，「我沒事。」

護士阿姨仍是擔憂的模樣，「妳看來嚇得不輕……」

我沒有答話，流過的淚已經風乾，此刻淚痕緊緊貼在我的臉頰上，醫院冷氣吹過來的時候有種不適的感覺，我想嘗試再多哭一會兒，可是卻一滴淚也流不出來。

就連這種時候，我都無法說服自己放肆哭泣。我為自己感到苦澀。

我望著白茫茫的天花板，發愣許久，直到一聲幾乎要將我的耳膜震破的喝斥驀然傳來，我才愣愣地轉過頭去。

張久岳面色發白，鳳眼裡燃著怒火瞪著我，「韓宇森呢！」

我慢慢地把頭轉回來，淡淡說道：「做檢查。」我說完，又不自覺地重新看向張久岳。

這時，我才發現張久岳身後還跟了一個男人。是韓宇森的父親。

他雙手負背，走得很緩慢，每一步都扎實地踩在地上，規律的步伐就像機器人一般，而他的神色看來仍是那樣冷漠。

看到這裡，我原本無力的四肢突然像是注滿了動力，我驀地站起身，挺直背脊，覺得身體像是一副空空如也的軀殼，現在正被鋼絲吊著行動，我的手抬了起來，直指主任的鼻子，我幾乎失控，一顆心吊在喉頭，「你為什麼看起來這麼冷靜？」我一字一句都顫抖得不成樣子，眼淚在眼眶打轉著，隨時都要掉下來。

「為什麼……為什麼……」我摀住自己的嘴巴，很快地又放開，「你為什麼看起來可以這麼無關緊要！怎麼可以！」我歇斯底里地吼著。

護士阿姨跑來架住我，柔聲勸道：「同學，這裡是醫院！」

「是醫院又怎樣？」我噙著眼淚直直望著韓父，我多希望自己能夠看出一絲什麼來，比如說擔心、愧疚或在乎，哪怕只是微小的情緒波動也好，如果我能看出一絲什麼，至少我可以說服自己不要這麼怒不可遏。

可是，我什麼也看不見。韓父冷漠的眼底，毫無波動。

「就算是醫院也該有點溫度！」我吼著，越來越激動，「這世界怎麼能容許他這種冷血動物存在！」才剛說完，我立刻甩開護士阿姨的手，三步併作兩步地衝向韓父，舉起手準備朝他的臉摑去，我的心臟感覺到隨時要被甩出去一般的快感——

快感在最後一秒戛然而止。我的手被緊緊抓住，眼角有一滴淚珠滑落。

我抬眼瞪著張久岳，他模糊的臉看不出情緒，我吼道：「你為什麼阻止我！你明明也覺得很過分的，不是嗎？」

「……妳冷靜點。」

明明平時是最不冷靜的人，現在卻反過來阻止我。

「巧嘉，韓宇森不會希望妳這樣做的。」

這是第一次，張久岳不是叫我「江巧嘉」。他叫我「巧嘉」時，話裡竟好似蘊含無限溫柔。

我的腦海浮現韓宇森的身影，韓宇森喚我的名字時，也是滿滿的溫柔。

只要想起那樣溫柔的人現在竟然正躺在醫院裡，我就無法控制自己顫抖的身子。

驀然，我感覺到全身襲來一股溫熱，是張久岳緊緊擁住了我。

他的臉附在我的肩頭，我能感覺他眼睫隔著我的襯衫顫動著——最後，有淚水緩緩滲入。

「巧嘉……」張久岳扶著我的肩膀，低低啜泣，沒讓我看見他的眼淚。

我輕輕抬起雙手環住他，眼淚無聲地流著。

我不再看韓父，目光挪向純白一片的牆，只覺得此刻我們三人的未來，就像這面牆一般，被濃濃白霧籠罩著。

我放在口袋裡的手機突然開始響個不停，我靜靜地流著眼淚，把手機從口袋裡掏出來，越過張久岳的手，輕靠在自己耳邊。

「巧嘉！妳現在在哪裡？」是楚念軒的聲音，「我才剛離開妳們學校就聽到消息了，妳沒事吧？嚇到了嗎？」

他的聲音依舊醇厚低沉，在此刻還摻了些緊張。

不知不覺，我的眼淚竟然停了下來。

但即使我的眼淚止住了，胸口疼痛卻還在無止盡地蔓延，我啞著聲音回答：「……我沒事。」

楚念軒聽了，沉默半晌，接著柔聲問我許多問題。

我一個字也聽不進去，只是此刻感受張久岳的懷抱，耳邊迴盪楚念軒那讓令人安心的嗓音……這一刻，我像是終於沉澱下來了。

我輕輕閉起雙眼，任由楚念軒嗓音繼續蔓延、任由懷抱的溫熱繼續保存。

——這一刻，我的確是安心的。

＊＊＊

韓宇森做了幾項檢查後，確定腦部沒有受傷，但因為還是有腦震盪的風險，加上右手不幸骨折，因此他仍是要住院休養一陣子。

除此之外，他還受了許多皮肉傷，額上縫了好幾針，腳好像也扭到了，總之到處都是傷。

我知道，其實我和張久岳擔心得有些過頭了，光是韓宇森沒有動用什麼急救資源，只是做檢查，我們就該鬆口氣，但親眼目睹他從車上滾落，我受的刺激仍是不小。

「妳不進去看他？」張久岳要進病房前，對杵在外頭的我問了一句。

我搖搖頭，「我想等自己冷靜一點。」直到現在說話，我的語音都還在顫抖。我怕自己若是現在就馬上看見韓宇森，會忍不住又哭出來。

張久岳沉默了一陣子，才輕輕應道：「知道了。」

看著張久岳踏入病房後，我輕靠在牆上。心中原本的著急與慌張已然沉澱，隱約的畏懼感卻仍然飄盪不去。

我望向右手邊，長長的走廊出現一道熟悉人影，我輕輕一愣——當我看見楚念軒的身影，心裡就像是有什麼地方在慢慢甦醒，溫柔地包圍了畏懼。

「巧嘉。」他看見我的時候，露出了釋然的笑容。

楚念軒走到我面前，問道：「妳還好嗎？」他斂去笑容，擰起眉頭，一邊打量著我全身上下。

我點點頭，露出微笑，「我沒事。」

我的手仍在顫抖，他輕輕地拉起我的手，「嚇到了吧？」他微笑著問我。

我沒有回答，只是任由他這樣拉著我。這讓我感覺像個孩子。

「我剛也通知青琳了，她待會馬上來。」像是特地說給我聽，他加深了笑意。

我搖搖頭，說道：「沒關係，她不來也可以的，我沒有受傷。」

楚念軒嘆了口氣，卻沒說話，只是望著我。

「巧嘉，她很擔心妳，真的。」楚念軒突然重新開口，「……當初青琳只是想知道妳為何無故翹課，不是嗎？妳們沒必要搞得這麼僵。」

「我就是無法釋懷，」我瞇起眼，揉揉自己腫脹的眼睛，「我無法釋懷，她說對我感到失望。……我不是因為翹課的事才和她鬧彆扭，只是不能理解她為什麼對我說出那種話，我明明……為她犧牲了很多。」

楚念軒微微一詫，接著露出了然於心的神情，他緩緩開口：「原來是這樣……」

驀然，楚念軒重新拉住我的手，「巧嘉，有時候我們的付出，不該央求回報。」他頓了頓，又說：「人就只有一雙眼睛，不一定能看得見妳的付出……別讓自己因為付出沒被看見，所以畫地自限，這太不值得了。妳現在和青琳嘔氣，真的比較開心嗎？」

我愣愣地望著他，抿住唇，「我知道這樣不對，可是我就是暫時不想跟她相處，也覺得自己沒辦法好好跟她說話。我心很亂，真的，自從高鵬宣布自己有交往對象以後，一切都變得好混亂……我根本還沒想好，夾著一個高鵬，我和我媽的關係到底能怎麼變好。」

楚念軒只是不發一語地望著我，最後吁出一口長長的氣，說道：「我知道了。」他說，「今天妳已經很累了，我會叫她別來，說妳已經回家了。這樣，妳會輕鬆點吧？」

我點點頭，「嗯……謝謝。」

「別想太久。」楚念軒突然說。

我猜，他指的是我剛才說自己還沒想好如何改善和媽媽的關係。

「時間是不等人的，別讓自己後悔。」楚念軒又說。

我不懂他話裡的意思，只是輕輕頷首，帶有一些敷衍的意味。

突然，有人從病房裡走了出來。我下意識看去，只見張久岳一臉陰沉地瞅著我。

「韓宇森他想見妳。」

「……見我？」我機械式地重複了這句話，忍不住蹙起眉頭。我還能感受到，自己垂放在腿側的手正在不受控制地顫抖。

「快進去。」張久岳不耐地對我說。

聽見張久岳這樣的語氣，我忍不住緊張，「怎麼了？他不舒服嗎？那……我去叫護士吧？」

「笨蛋！」張久岳低罵一聲，「妳快進去就對了啦！」

我被他兇得莫名其妙，尷尬地搓搓自己的手背，「我知道了，我馬上進去……」

今天發生的事情，我還心有餘悸，就連面對張久岳，平時那種隨時要跟他起衝突的氣焰都小了許多。

張久岳沒再說什麼，倒是楚念軒這麼向我說道：「巧嘉，我在外頭等妳，晚點送妳回去。」

我點點頭，輕聲道謝，便轉身走進病房。我走得很快，不願留給自己多餘的時間去害怕，轉眼間我已站到韓宇森面前。

坐在病床上的他看起來很狼狽，頭上貼了幾塊紗布，右手被三角巾吊著，頭髮亂糟糟的。

然而他的一雙眼睛卻非常清亮，這讓我忍不住在心裡鬆了一大口氣，只覺得原先的心有餘悸都正在慢慢地消散。

他看見我靠近，並不如往常那樣對我露出笑容，反而緊抿著唇，像是正在琢磨該說些什麼才好。

於是，我先開口了：「……你沒事吧？」一發出聲音，我就後悔了，因為我發現自己語氣上揚的同時，眼眶也跟著灼熱起來。

我趕緊低下頭，不願讓韓宇森看見。明明之前也曾在他面前哭過，此刻我卻一點也不想讓他看見這樣懦弱的自己。

我不明白，之前的我怎麼就能那樣大方地在他面前哭呢？那不是很丟臉嗎？我當時應該要默默躲起來的。

「巧嘉……」他啞著聲音喚我，比平時來得溫柔許多。

他的嗓音，柔柔地附在我的耳畔，「可以抬起頭嗎？我想看看妳……」

聽見這句話，我莫名地一顫，略帶猶豫地抬起臉。我甚至能聽見自己的心跳聲。

他迎上我的目光，突然衝我一笑，「太好了……」

「……什麼太好了？」

「一直到現在，我才相信自己不是在作夢。我是真的沒死。」他依舊笑著。我沉默地望著他，只覺得他的話裡有著滿溢的柔情，這讓我不知所措。

「巧嘉，當我看見車子朝我開過來的時候……我的眼裡都是妳。」韓宇森的口吻變得苦澀，「那是第一次，我覺得我不該死。」

我腦袋一片空白，只能抓住自己的衣角，說服自己不要別開目光。

「這段日子，我真的很痛苦。」他說，「……我比以前更消極了，隨時都在質問自己，為什麼應該活著，活著真的比死了還好嗎？直到被車撞了，我意識雖然清醒，卻深深感覺到自己正在以非常快的速度接近死亡。那時，我才赫然驚覺，自己哪怕不明白生存的意義，卻仍不想死。經歷這場車禍，我也發現了……」

我聽得心口發疼，搶著他話音剛落的時候喝斥道：「韓宇森，你別再說——」

「——巧嘉，妳就是我活下來的意義。」

我未完的話語被哽在喉嚨裡，我睜大眼睛望著韓宇森，發熱的眼眶浮現水霧，攥住衣角的手指不受控制地顫抖著——

「你在開玩笑嗎？」我提高音調，激動得無以復加。

他把我說得這麼偉大是為了什麼？是為了哄我嗎？為了安慰我嗎？不對呀，這全都沒有任何意義！那他到底為什麼要這樣說？我不明白……我根本沒做什麼，他為什麼要對我說出這麼具有重量的話？

他的那句話，像是一塊大石壓在我的心頭，讓我連心臟都忘了跳動。

「我沒有開玩笑，巧嘉……」他的語氣變得沮喪。

我看著他那樣的神情，心底生出一股極大的恐懼，他的眼神、他的聲音、他的微笑、他的溫柔、他所有所有對待我的姿態，都彷彿在說……

驀然，有一道聲音竄入我的腦海裡：『因為韓宇森……看起來也很喜歡妳。』

我感到荒唐，幾乎是笑了出來，我噙著眼淚望向韓宇森，一句話也說不好，只能斷斷續續地出聲：「我說……難道……你喜歡我？」

韓宇森沒有任何驚訝的反應，他露出一抹笑容，就如往常那樣溫柔，低聲回答：「我喜歡妳，巧嘉。」

這句話像是按下了什麼開關，我摀住自己的臉，感受自己內心突然間有好多情緒正在迅速膨脹最後爆炸開來。

「韓宇森，你瘋了……」我喃喃，「你一定是瘋了。」我笑了出來，眼淚卻還是不停地流。

我一直以來，都將韓宇森視作生命共同體。

他是我的同伴，我們同病相憐，我們擁有比起同齡的人來得更深重的理念要實踐。我以為，我和他永遠都不可能與愛情扯上關係，我以為我和他的感情是神聖而難以侵犯的……這一刻，我覺得自己被韓宇森背叛了。

十幾年來孤軍奮戰的寂寞與苦澀，此刻全數席捲上來，讓我幾乎看不清眼前世界——我以為我找到了能夠彼此扶持，一起前進一起後退的靈魂夥伴，直到此刻才發現，原來我還是孤獨的，韓宇森和我不一樣，根本與我不是同一種人。

原來，什麼「靈魂夥伴」、「彼此扶持」……全都是我單方面的妄想，他根本不是這樣看我的，他是用更淺薄的心態來對我的……對我溫柔、對我包容、對我微笑、對我敞開心扉——這些，全不是因為他與我彼此扶持，而是因為他喜歡我。

——他不過就是喜歡我而已。

我瀕臨崩潰地蹲坐在地板上，不顧他慌張地喊了些什麼，我流著眼淚，不斷指著他的鼻子大罵：「你不要說話！你不要跟我說話啊！你這叛徒，叛徒！」我歇斯底里地喊著，眼淚也跟著不受控制地流淌，「……為什麼又要讓我變成一個人？你為什麼要騙我——」我大吼著。

突然，我感覺有人用力架住了我的身子，我下意識地大吼：「不要碰我！叛徒！」

「巧嘉！是我！是我——妳看清楚！」熟悉的聲音傳來，我整個像是癱軟一般，睜大雙眼看著楚念軒的臉。

我的眼淚潰堤一般地湧出來，我什麼都無法思考，一把抱住了楚念軒的脖子，大哭著、抽噎著、大吼著……

楚念軒低沉的嗓音在我耳畔縈繞不去，我聽不見他說了什麼，我只是抱得更緊了。

楚念軒也抱住了我。我在渾沌之中，聽見他這麼說——

「放心哭吧，巧嘉……別擔心，我就在這。」

我只是哭得更厲害了。像是要把十七年的淚水，流到盡頭。

第四章：

遇見

當晚，我沒有回奶奶家，卻也沒有回去媽媽家。我醒來的時候，映入眼簾的是全然陌生的環境。我靜靜地躺著，看著陌生的天花板，聽著自己的呼吸起伏，竟覺得心中平靜異常。

「醒了？」楚念軒的聲音。

我看向他，不驚訝也不好奇，只是淡淡地問：「這是哪？」

楚念軒自椅子上站起身，緩緩走向我。

我這才發現自己躺在一張單人床上，身上還蓋著薄被子，又看了看四周的擺設，「這是你家？」

楚念軒點點頭，「我想妳大概不會想見到青琳與奶奶，所以把妳帶來這。這是我之前住的地方。」

「嗯。」其實我想說謝謝，但不知怎麼地就是說不出口。

楚念軒不再說話了，他站在我旁邊，打量我許久。我從床上坐起身，看著他，「好奇嗎？」

「什麼？」他沉著聲音問我。

「我發生了什麼事。」

「沒必要知道。」楚念軒回答，略微躊躇一陣，又補充說道：「妳想說的話，自然會說。」

我微微一愣，雙眼的腫脹讓我有些睜不開雙眼，只能瞇著眼看他。

「……那個出車禍的男生，向我告白了。」我一邊說，一邊抽了抽自己因為痛哭而塞住的鼻子。

楚念軒拉來椅子，默默地坐下，似乎是想聽我繼續說下去。

「其實我說完了。事情就這麼簡單。」我擺擺手。

「那妳告訴我這件事的目的是什麼？」楚念軒望著我。

我垂下眼瞼，「……我不知道，只是想說。」

楚念軒沒有回答，反倒是微微一笑，「知道了。」看著楚念軒的眼神，我有種他什麼都明白的錯覺，即使我什麼也沒說。他的眼神裡沒有絲毫的困惑或好奇，就只是平靜地看著我，好似什麼都了然於心。看著這雙眼神，我感到很安心。

我努力讓自己不要想起昨天的一切，然而記憶的瑣碎片段仍是恍然浮現。我不再看楚念軒，乾脆拉起棉被蓋住自己的頭。

在那樣歇斯底里之後，我該如何面對韓宇森？我和韓宇森就像是走完同一條街，回到兩個世界。想到這一點，莫名的孤寂感又襲上心頭，令我無法冷靜思考。與尤妮妮決裂的時候，我雖然哀傷，卻只是淡淡的一抹愁緒；然而這次意識到自己和韓宇森身處不同世界的時候，我卻感到寂寞和恐懼——最深重的，是不捨的情緒。

我閉上雙眼，眼前浮現的全是韓宇森的模樣。

＊＊＊

我如往常一般去上學，卻一整天都心不在焉，像是靈魂有一部分被抽離了，整顆心空蕩蕩的。今天早上出門時，巷子裡不再有韓宇森的身影——也許他還在住院吧。

上課途中，放在口袋裡的手機倏然震動了一下，將我的思緒拉了回來。我瞄了一眼，是陌生號碼傳來的簡訊。

「有空來醫院一趟。」

明明是如此簡短的一句話，我卻一眼看出這是張久岳傳來的訊息。

去醫院要做什麼？難道是韓宇森發生什麼事了嗎……

放學後，我很快地跑出校園，直直跑向公車站。我已經事先查好了從學校到醫院的交通方式，我跑上公車、走了幾段路、又坐上醫院的接駁車，動作一氣呵成，心裡忐忑地前往醫院。

我還記得韓宇森的病房號碼，我匆匆地跑向病房，卻見張久岳就站在外頭，後腦杓靠在牆上，雙手扶著牆壁上的扶把。

「張久岳。」我出聲喚他。

他雙眼底下有著淡淡的烏青，想必是昨晚沒有睡好，「妳來了？」他望著我，語氣淡淡。

我猶豫了好一陣子才又開口：「……怎麼了嗎？」我的目光忍不住朝病房裡探去。

「韓宇森變得更消極了。」張久岳看著我，眼神複雜。

我吞了口口水，看向張久岳，囁嚅道：「……因為我嗎？」

「算是吧。」張久岳驀然一笑，帶著一絲嘲諷，「不過……他父母才是最大的原因。」

我微瞠雙眸。聽張久岳這麼一說，我才想起昨天韓宇森回到普通病房後，主任就已經消失不見了——難道，他在韓宇森出車禍以後，連看他一眼都沒有嗎？

「他爸昨天辦完住院手續就走了。」張久岳嘆了口氣，「早上也是帶了些衣物來就離開了，連跟韓宇森說句話都沒有。」他的手指輕輕地摩娑牆上的扶把，「韓宇森他媽也根本沒出現。」

我默然一陣，垂下頭來，跟著靠在牆上。

「……巧嘉，我是真的不曉得該怎麼辦才找妳的——」張久岳突然站到我面前，一雙鳳眼灼灼地望著我，我的話不由得哽在喉嚨裡，無法出聲。

「韓宇森和妳才是同個世界的人，只有妳能救他了！」張久岳突然伸出手，壓在我背後的牆上，似威脅又像懇求。

他的眼角閃著淚光，他與我距離很近，我甚至能感受到他的鼻息。

我被他困在原地，想要別過目光，卻只是被他壓得更近，讓我無法動彈。

我眼眶一熱，「……我和他，才不是同一個世界的人。」我哽咽道，「我們根本不是同一個世界的人——你不要把我說得那麼神通廣大。」

張久岳微微一愣。

「你知道他前天在病房裡對我說了什麼，我才那麼抓狂的嗎？」

張久岳垂下眼瞼，沒有回答。

「他跟我說，他喜歡我。」我說著，眼淚在眼眶裡不斷打轉，「我一直覺得，自己跟他的關係，是超越小情小愛的、更為高尚的感情——可是，原來這只是我一廂情願的想法。我和他根本不是同一個世界的人，你懂嗎？」

張久岳咬住自己的嘴角，緊緊擰起眉頭。他的手像是無力般地下墜，張久岳扶住自己的額頭，深吸了一口氣，又長長地吐出來。

「……那我該怎麼辦？」他的眼睛從指縫裡露出來，緊緊盯著我，「我們該怎麼辦？」

我皺著眉，忍住哭泣的衝動，悲傷地望著張久岳此刻無奈的神情。

「……難道我們只能這樣，看著他走向毀滅嗎？」他沉痛地問著。

我別過目光，擰著眉頭，手心緊緊地攥起。

「妳為什麼要拒絕他的告白？」張久岳像是想到什麼，帶著怒意問我。

我愣然地看向他，「你說什麼？」

「妳不知道現在韓宇森很脆弱嗎？妳憑什麼又拿這種事打擊他！」

我一時語塞，只是不敢置信地望著張久岳，「我……我接受了又能改變什麼嗎？」我拉高音調，「愛情這麼微小的事情，難道我滿足他了，他就不會因為爸爸而傷心難過了嗎？你會不會把事情看得太簡單了？」

「至少妳也不該讓他受傷啊！」張久岳怒瞪著我。

「你現在到底在說什麼？」我荒唐地笑了，「我又不喜歡他，接受他的告白難道就不是種傷害嗎？」

「妳在說謊吧？」張久岳抽動自己的唇角，「妳怎麼可能不喜歡他。」

我瞪大雙眼，忿忿地望著他，「你可不可以不要再說這種話了？」

我說道，「就跟你說了，我和你們是不同世界的人！拘泥於這種小情小愛的你們，根本不懂我在想什麼！誰說人一定要喜歡誰？我就是不屑愛情這種東西——你們這樣，我真的很困擾！」我憤怒地說道，我奮力壓抑自己的音量，話裡卻有掩不住的激動。

張久岳聽了我的話，突然轉頭，接著傻住。直到我察覺不對勁，緩緩轉頭，才發現他驚訝的原因。

韓宇森就站在我們旁邊。他的臉上，帶著一抹苦笑。

「……韓宇森？」我愕然地喚他。難道他都聽見了嗎？

「巧嘉，對不起。」他左手扶著點滴架，打了石膏的右手尷尬地揚在空中。韓宇森低下頭，「原來妳……因為我的告白而感到困擾了。」

我想要辯解，卻發現自己一句話也說不出來。

「我告白也不是一定要妳跟我擁有相同的感覺……」韓宇森苦笑，「只是，我有種自己再不說出口，很快就沒機會說的感覺。車禍當下的衝擊帶給我太多恐懼了。」

我熱著眼眶，「我、我沒有……」

「巧嘉，不管妳是怎麼看待我的，那都不會改變一件事，那就是我對妳的喜歡。」他的語氣如此寵溺，讓我不由得哽咽。

韓宇森顯然是誤會了什麼──可是我卻一句話也說不出口，腦袋像是被他的幾句話攪亂成一片渾沌。

「巧嘉，妳就是我生存的意義。」韓宇森再次說出這句話，我的眼淚像是斷了線的珍珠，不斷往下墜。

我抽噎著，「等等，你聽我說……」我想要解釋，卻根本不知道該說什麼才好。

「我知道，巧嘉。」韓宇森仍是苦笑，「我都聽見了，我和妳不是同一個世界的人。」

我一陣愣然。

「是我太自以為是了。」韓宇森垂下眼瞼，「單憑妳散發出的氣質，就斷定妳和我是同一種人。」他頓了頓，「因為我的自以為是，這陣子害妳陪著我受苦，又是翹課又是被記過，妳被逼著要全盤接受我的痛苦……真的很抱歉……」

「你到底在說什麼，韓宇森？」我流著眼淚，緊張地問：「你到底在說什麼？」

「巧嘉，妳太不懂得拒絕別人了。」韓宇森抬起眼來，望著我，臉上閃著一絲苦澀，「平常，當我問妳的意願時，妳總是要我不要顧慮妳。現在，我才知道，妳是真的因為我而感到困擾。我沒有察覺這一點，真的很抱歉。」

「我沒有那個意思……韓宇森──你不要這樣好不好？」我哭得更厲害了，我上前抓住韓宇森的左手，「我真的不是那樣想的！」

「別因為不想打擊我就跟我撒謊呀，巧嘉。」韓宇森無奈地笑了，就連這種時候，他都溫柔得令人無法直視，「以後我也不會再困擾妳了……」

我的內心像有一股恐懼爆炸開來，我抓住他的衣服，噙著眼淚喊著：「韓宇森、韓宇森、韓宇森……不要這樣！」

見到韓宇森無動於衷，我只好轉過頭去，大喊：「張久岳！你快點幫我解釋啊！我根本不是那個意思——你快幫我說話啊！」

張久岳只是別開目光，默然不語，肩頭有著隱忍般的顫抖。

我不敢置信，「為什麼……」

突然，韓宇森吸了口氣，我轉頭看去，韓宇森面色沉重，對我說道：「這段日子，真的很謝謝妳，如果沒有妳，我不會到現在還站在這裡——」

他話語間的停頓，讓我的心臟幾乎翻天覆地地疼，我嚎啕哭著，「不要……拜託你不要講——」

「巧嘉，我們就到此為止吧。」韓宇森這麼向我說道，一邊輕輕地抓住我的手。

最後，輕輕甩開。

我的世界像在這一秒崩塌碎裂。

***

出了醫院，我整個人全身無力，每走一步都像花了極大的力氣。但我一點也不想停下來，我想要儘快遠離這個令人生厭的地方……醫院那股藥水和消毒水摻雜的味道，無不讓我想起韓宇森剛才露出的無奈笑容。

天色漸黑，路燈一盞又一盞地亮了起來，我低頭看見自己的影子被拉長，映在路上顯得如此黯淡。

我一邊繼續往前走，一邊揉揉自己乾澀的眼睛。

突然，我聽見手機鈴聲響起。我從口袋裡掏出手機，一列熟悉的號碼映入眼簾——我沒有替楚念軒設定聯絡人名稱，然而經過這陣子的風波，我竟一眼能認出他的電話號碼。

我心中忖度著是否該接通，不自覺咬住下唇，很快地又鬆開。

我還在思考的同時，鈴聲停了下來。

我頓時鬆了一口氣，決定繼續前進。偶然低頭看見自己的影子，旁邊還多了一抹頎長的人影——我下意識地轉身去看，卻見楚念軒就站在眼前，手裡還握著手機。

我瞪大雙眼，心中霎時有種難明的情緒悄然蕩漾——「……你一直跟著我嗎？」我問。

楚念軒沒說什麼，只是輕輕點頭。

「那你……也看見了嗎？」我垂下眼瞼，想起剛才在病房外與韓宇森的對話，此刻有種心如刀絞的感受。

楚念軒沒有回答我的問題，只是這麼問：「還好嗎？」

他的一句問候，竟讓我的眼眶再度盈滿淚水。這次，我沒有想要大哭一場的衝動，心中有一股更難以消散的情緒緩緩蔓延開來，那是一種深沉的悲哀，像我此刻的眼淚，一點一點盈滿眼眶，卻始終沒有掉下來。

我搖搖頭，向他說了實話——「一點也不好。」說完，我硬是扯出一抹苦澀的笑容。

楚念軒不再吭聲，只是目光沉沉地望著我。他眼神複雜，眼底的世界彷彿很寬闊、彷彿能容納我的所有傷悲。

能被他這樣的眼神望著，總覺得好像一切傷痛都能被時光沖淡。

＊＊＊

在那之後，我的身體像是再也負荷不了這麼多的悲傷，突然地發起高燒。我很少感冒，因此這次一生病就是一場嚴重的大病。

眼前所見的世界，全是一片黑暗，我能感覺到自己全身都在發燙，一種喘不過氣的感覺折磨了我好幾個晚上。

朦朧間，我嗅到熟悉的味道——我很快就認出來了，那是媽媽最常煮的菜，同時也是高鵬愛吃的那些菜。

我這才隱約想起，開始發燒的時候，楚念軒就開著車送我回舊家，因為奶奶年紀大了，也沒辦法照顧我。

媽媽和我之間心有芥蒂，但卻還是一直默默地照顧我，雖然沒跟我說過什麼話，卻一直默默地替我量體溫、替我買感冒藥、替我熬粥。

好不容易今天早上一起床，感覺身體沒那麼不適了，拿來溫度計一量也顯示燒退了不少。

恰巧在此時，楚念軒走進我的房間。他看見我已經醒了，微微一笑，柔聲問道：「巧嘉，好點了嗎？」

我點點頭，順道將手中溫度計拿給他看，「燒退了不少。」

楚念軒頷首，接著說道：「剛好，有人來探望妳。」

我一詫，腦海第一個浮現的竟是韓宇森的身影。接著我搖搖頭，苦笑暗諷自己的天真——那天在醫院裡，韓宇森明明親口說了「我們就到此為止吧」這種話，現在怎麼可能又出現在這？

一想到這裡，我的胸口就發出一股悶疼。

楚念軒悄悄地退出了我的房間，接著一抹嬌小身影踏入。我看見對方，微微一愣，「……妮妮？」

尤妮妮捏著衣角，猶豫似地東張西望，最後下定決心似地開口：「嗨。」

我沉默，同時心裡有種異樣的感覺。莫名地，我覺得在這種時候見到她，心裡那股悶疼似乎減去了不少。

她輕輕地走到我床邊，直接席地而坐。接著，她開口：「對不起。」

「……什麼？」我啞著嗓子問道。

「我後來想了很久，我覺得我單憑傳聞就覺得韓宇森是壞學生，根本就幼稚到了極點。」尤妮妮嘆了口氣，「還有，直到妳對我說，或許是我從沒了解過妳，我才發現真的是這樣……永遠都只有我一個人在說話，而我卻從來都不知道妳的想法。我根本就不配當妳的朋友，我太自以為是了。」

一聽見這些話，我的心霎時軟了下來。

最後，我還是怪不了尤妮妮。尤妮妮根本什麼錯也沒有。

真正自以為是的人，是我才對。是我自視甚高地認為所有人都該明白我的想法，卻從來不曾主動傾訴。

就好似我從沒告訴韓宇森自己想要的是什麼，最後卻反過頭來責怪他背叛了我……鬼使神差地，此刻我好想告訴尤妮妮我的一切。

那些就連對韓宇森我都不曾傾訴過的故事，那些潛藏在我生活裡的委屈和無奈，我全都想告訴尤妮妮——

即使尤妮妮無法理解我的世界，那也無所謂。此刻看著她清澈的那雙眸子，我深信只要說出口，我就能獲得解脫……哪怕只有一星半點也好，此刻的我，亟欲擺脫那些苦楚。

在這一刻，尤妮妮擁抱著我，聽我說著從小到大發生的一切，她哭得比我還要傷心。

我沒有落淚，但聽著她時而義憤填膺、時而心疼不忍的啜泣，我突然感覺到一股前所未有的暢快……

原來，我所尋求的，一直都不是一個「與我相同」的靈魂——

我所渴望的，其實只是一個，能夠讓我放心傾訴的人。

＊＊＊

尤妮妮離開後，我又突然開始燒得厲害。

我躺在床上，只覺得眼冒金星，吃了藥以後，便昏昏沉沉地睡去。這樣一躺，竟又是連著好幾個夜晚。我就這樣一直淺淺地躺在床上睡著，連睜開眼看一下周遭的力氣都沒有。

驀然，我在意識渾沌之間，感覺到一股溫熱輕碰我的側臉，他的手指很粗糙，在我的臉頰上摩娑，我竟覺得舒服。

我猜那大概是楚念軒的手，彷若歷經滄桑。我想起他寬闊的眼底世界，能夠包容我的一切傷悲。只是，我總覺得他此刻的觸碰，帶著許多複雜的情緒——

「巧嘉……」楚念軒的聲音，依舊低沉，此刻卻更加悠遠深長——他的聲音很遠很遠，彷彿摻雜許多的不忍。

我想要出聲回答，全身的力氣卻彷彿快速流失一般，我連睜開眼都沒辦法。

「我該怎麼告訴妳……」楚念軒的聲音，竟帶了一絲哽咽。

告訴我什麼呢？我在一片黑暗中，想要這麼問，卻怎麼也出不了聲。我甚至開始懷疑起此刻究竟是現實還是夢境。

「如果可以，我希望妳就這樣一直睡著。」楚念軒的聲音不斷顫抖著，「否則當妳醒來的時候……」楚念軒的聲音，帶了濃濃的酸楚與悲慟——

「當妳醒來的時候……我該怎麼告訴妳，韓宇森已經死了……？」

——我感覺到自己正在往下墜落，四周始終是一片深不見底的黑暗。

在黑暗中，我想要尖叫、想要咆哮……聲音卻全部消散在空中，化為伸手無法觸及的亮光，快速消逝眼前——

我感覺自己緊閉的雙眼，有一滴眼淚倏然落下，順著我的眼角、我的髮絲、最後一路滑向我的耳畔。

『我該怎麼告訴妳，韓宇森已經死了……？』

——多希望，我從來不曾聽見這句話。

『妳看著韓宇森的時候，那種眼神，說不是『喜歡』，根本是騙人的吧？』

張久岳曾說過的那句話，究竟是真是假，明明一點也不重要。

可是為什麼，我又會在恍惚之間想起這句話……

＊＊＊

我穿了一件單薄的睡衣，恍惚地走出房間。快要天亮了，屋內並非一片漆黑，而是透過窗戶映出一股詭譎的、淡淡的藍。

我一步又一步，走得極為緩慢。感覺有點冷，只能靜靜地縮起肩膀。我不知道自己要去哪裡，只知道我不願再躺在那張床上。我想要澄清自己幾天以來所經歷的，全只是夢。

我雙眼呆呆地瞪著前方，彷彿什麼也看不見。一大清早，四周像是陷入無邊的寂靜——我卻連自己的心跳聲也聽不見。

我像是死了一樣。這個念頭浮出腦海的瞬間，我扳開了家門的鎖，無力地推開門。

我走在空無一人的街道上，肩頭因為寒意而不斷發顫，可我的目光仍始終盯著前方——我突然覺得好累，連轉一下眼珠子都嫌累。有一股打從心底席捲而來的疲倦使我整個人變得孱弱且無力。

我呆滯地走進路邊一家超商，靜靜地站在櫃臺前，目光僵直。

「……妹妹，妳需要什麼嗎？」店員詫然地問我。

我沉默了很久，才啞著聲音答道：「……香菸。」

店員聽見，霎時愣住，接著啞然失笑，「妹妹，妳沒告訴我牌子，我怎麼知道妳要什麼？」他微笑著，重新問了一次：「妳要買什麼牌子的？」

「……我不曉得。」我茫然地搖頭。

韓宇森從沒告訴我他抽的是什麼牌子。就好似其實我從來也不曾瞭解過他。

店員大概覺得我是瘋子，放棄再繼續問下去，轉而問道：「姑且不說牌子，妳還沒成年吧？」

我沉默了。怎麼大家都愛用年紀來評斷事情呢？最後，我走出那家超商，繼續茫然地前行。

直到太陽升起，看見街上出現許多穿著制服、揹著書包的少年少女，我的腦袋才像是突然被扳開開關，逐漸清明了起來——

我想起第一次見到韓宇森的時候，他站在司令台上，一身熨燙平整白襯衫，連一點隆起的皺褶都沒有。那是金玉其外的韓宇森，外表如此光鮮亮麗。

接著我想起躲在巷內抽菸的他，蹲在地板上，整個人像是與世隔絕。白煙繚繞著他，他穿著一身白襯衫，彷彿隨時都會消失在裡頭。那是敗絮其中的韓宇森，內在早已壞得澈底。

最後，我想起站在病房門口，臉色蒼白不斷想要推開我的他。

他當時的面孔在我的記憶裡很模糊，因為那時我正在哭泣。但在我的想像裡，他應該是穿著淡藍色的病人服，臉色透出無奈與苦澀，以及些許的哀求。

那是我無法觸及的韓宇森，逐漸離我遠去的韓宇森……

想到這裡，我的眼淚再度盈滿眼眶。但我忍住了，因為我不想哭。

一旦哭了，就像是承認韓宇森已經死了。

他沒有死。我相信楚念軒說的那些，全都只是我的噩夢，現在夢醒了，我已不須懼怕……

「……江巧嘉。」

好像有人在喚我，僵直而木然的語氣。在我轉過頭以前，我終於意識到自己竟然就這樣走到了學校附近。

「江巧嘉。」對方又叫了我一次。

我轉過頭去，看見那雙熟悉的鳳眼。是張久岳。驀然，張久岳衝著我大吼一聲：「妳為什麼在這裡！」我呆滯地望著他。

「妳這個白癡！白癡！白癡！」他不斷地吼著，甚至跑上來抓住我的肩膀猛力地搖晃——

「張久岳，你幹什麼！」我的情緒終於有了波動，我忿忿地大叫。

他的動作停了下來，一雙眼眸紅得嚇人。瞳孔裡是深不見底的黑暗。這一瞬間，我的心臟像是再度停止跳動……

「妳為什麼沒有出現？」張久岳靠得很近，他的眼眶裡湧上許多淚水，「妳為什麼沒有出現……就因為他說『到此為止』，妳就真的不再出現了？妳這白癡！妳這膽小鬼！」

我靜靜地望著在我面前逐漸崩潰流淚的張久岳，連一句話也說不出口。

「我明明已經努力看緊他了……他卻騙我！他第一次騙我啊，江巧嘉……他騙我說他沒有想死了，結果他媽的隔天就給我沒了呼吸心跳——」

張久岳的眼淚像是潰堤一般，不停地往下流——我原本就在眼眶裡打轉的淚水，也倏然跟著落下。直到溫熱流過臉頰的那一瞬，我才赫然發覺自己哭了。我明明不該哭的，若是我哭了，豈不是就承認韓宇森……

「妳知道，他最後跟我說的一句話是什麼嗎？」張久岳哭得聲嘶力竭，一字一句都像咬牙切齒般，「他最後跟我說的一句話是，他很想見妳……」

我的眼淚撲簌簌地落下，彷彿沒有盡頭。

「他媽的！如果妳沒那麼口是心非、沒那麼無聊去區分什麼誰的世界一不一樣、沒有因為他把妳推開就真的離開……妳只要再出現一次、一次就好！他或許就不會去死了！——幹！江巧嘉，妳真的是個混蛋！他媽的我真不懂韓宇森為什麼要愛妳這種白癡！」

聽見這句話的我，再也忍不住，整個人像是瞬間失去力氣一般，倏然癱軟在地。

「……江巧嘉，妳老實說……」張久岳泣不成聲，卻仍顫抖著繼續問：「妳有沒有愛過韓宇森？」

我又想起他曾經問過我的那句話──

『妳看著韓宇森的時候，那種眼神，說不是『喜歡』，根本是騙人的吧？』

是的，我在騙人。連我自己都騙得透徹。

可是，騙人又怎麼樣呢？

教會我何謂愛情的那個人，此刻已然不在我身邊了。

我就這樣癱坐在地，摀著臉，痛哭失聲……

＊＊＊

我走在熙來攘往的人群裡，他們像水流一般想要推阻我的前進，而我都巧妙地閃身而過。

學會如何應付這個世界，才能繼續存活在這個世界上。

我呼出一口白霧，雙手插在大衣的口袋裡。刺骨的寒風不斷吹來，我感覺自己的鼻子有點疼。

突然間，我聞見了菸味──我當下立刻停下腳步，四處張望。

儘管已經過了四年的時光，我的嗅覺卻仍像是擺脫不了當年的回憶，總是不自覺在尋覓那股味道。

直到看見一個擺著三七步、率性站在路邊抽菸的阿伯，我的一顆心猛然下墜。我暗笑自己的愚蠢，接著轉過身準備繼續前行。

這種事常常發生，卻每次都還是牽動著我的情緒。此刻我的心情不停地往下沉。

突然，我的手機在口袋裡無聲震動了起來，我接起電話，只聽見尤妮妮在電話那頭緊張地嚷嚷：「巧嘉、巧嘉！待會那堂課我趕不上了！拜託幫我cover一下吧！」

聽著尤妮妮那緊張而亢奮的語氣，我忍不住莞爾，笑容卻是淡淡的，「妳都大二了，怎麼還摸不準老師的習性？下一堂的老師，從不點名。」

尤妮妮聽見這句話，才如獲大赦地鬆了口氣，「對耶！差點就忘了，下一堂老師根本不管！」說到這裡，她兀自在電話那頭歡呼。

我淡淡笑著，輕輕掛斷電話。我的一顆心，卻是越沉越低。

高二，我生了一場大病。然後，我再也沒有回去那所學校，那所曾有過三人回憶的學校。

我直接轉了學，從此離那兒遠遠地。我本以為只要距離遠了，心裡的痛苦也會跟著遠去，卻發現哪怕時間長了，也不過只是在回憶裡苟延殘喘。

至少我與那裡的羈絆會就此斷開——我一直是這麼認為的；卻也不知道究竟是緣分使然或是其他，尤妮妮竟和我考上了同一所大學。

幸好是尤妮妮。幸好只是尤妮妮。莫名地，我的心頭總是浮現這樣的想法。

我甚至不敢深思自己究竟想躲著什麼……是連兒子死了都還顯得雲淡風輕的韓父、或是從此完全失去音訊的張久岳、還是潛藏在這所有背後的遺憾與懊悔？

如果老天非得要我遇上一個舊人，那麼我很慶幸那個人只是尤妮妮。畢竟，現在的我，還沒有自信能夠承受來自當年任何的一絲苦楚。

我一路走入熟悉的大學校園，揹著後背包在校園裡穿梭。因為正值冬日，四周的樹木都光禿禿的一片。我看著周遭一片蕭索的景象，總覺得越看心越慌。驀然，又有一股淡淡的菸味傳來。

我愣然地停下腳步，心中有種異樣的感覺在蕩漾——這個味道，不只是菸味而已，彷彿還牽引著我腦海深處的某塊記憶。

氣味與記憶倏然重疊，我的腳再也無法踏出任何一步。我只能愣愣地停在原地。

直到一道男聲傳來——「……江巧嘉？」他問，接著像確認一般地重複道：「妳是江巧嘉吧？」

聲音與記憶倏然交疊，我的目光再也無法挪動任何一點。我只能睜圓了眼，困在原地。

「江巧嘉。」這次，張久岳是用極度肯定的語氣喚著我。

我死也不會回頭的。我努力踏出步伐，一步兩步三步，而且越來越快——

「江巧嘉！」張久岳在我身後的聲音聽起來有些惱火。

但我依舊沒有回頭，恍若未聞地繼續走著——我咬住下唇，心中暗自祈禱他絕對不要追上來。

此刻在我內心翻攪的苦澀讓我有些喘不過氣，我只能繼續加快腳步，想要擺脫悄然襲捲而來的回憶。

幸好，他沒有追上來。

我走入商學院大樓，扶著樓梯扶把，喘著氣，感覺有點心悸。

***

這堂課結束以後，我接到了一通電話，來自我極度熟悉的號碼。

我一眼就認出那排號碼是楚念軒。這幾年來他從沒換過門號，而我對他的號碼已經記得比自家地址還滾瓜爛熟。

迄今我仍是沒有替他設置任何名稱，因為我不知道該怎麼稱呼他——我媽的備胎、我媽的同居人、可能成為我繼父的人……？只有「楚念軒」三個字的話又顯得詭異，彷彿在刻意疏遠些什麼，同時矛盾的是，這樣好像也有點過於親密。所以乾脆什麼稱呼都別給。就讓號碼只是一組號碼、只是一通電話。

楚念軒在電話那頭告訴我，媽問我今天能不能回家吃飯。我很快地應好。

「那我現在去接妳，妳在校門口等我。」他說道，聲音一如當年的沉厚，「妳媽說還要買些菜，我們待會一起去超市吧。」

「好，我知道了。」我說道，然後微笑。

韓宇森離開以後，很多事都悄然改變了。變得最大的，是我。

以前潛藏在骨子裡的那股劣根性像是隨著韓宇森的逝世被猛然拔除；對於母親那像幻夢一般的戀情，我再也沒有出聲反駁，只要她不做出傷害自己的事，即使她要我假裝相信高鵬和她的戀情，我也願意。

媽媽本來就是愛我的。只要我容許高鵬的存在，她就什麼都願意給我，包括那些我以前因為過於執拗而始終得不到的母愛。

可是，我心裡隱隱有些空虛。

我得來的母愛，竟像是交易換來的。思及至此，我的笑容變得苦澀。像在自嘲。

我穿著大衣，習慣性地把手插在口袋裡取暖，目光盯著自己的腳尖，有點出神。突然，有人喚我：

「巧嘉學姊。」

我一愣，下意識差點拔腿就跑，直到意識到對方身上沒有那種菸味，而且他叫我「學姊」而不是「江巧嘉」，我這才安心地轉過頭。

是與我同一個社團的學弟。學弟笑盈盈地望著我，「學姊，在等男朋友？」他的目光閃爍著期待和興致，同時還有一點試探。

我感覺到一絲不對勁，不自覺瞇起雙眼。他發現我臉色的變化，慌張地問：「抱歉，我說錯什麼了嗎？」

我趕緊扯出一抹笑，「噢，沒事。我只是突然分心了。」

「趁這個機會，我也真的很想問問呢。」學弟突然伸了個懶腰，我卻看見他臉上露出尷尬的神色。懶腰似乎只是讓他緩解緊張的舉動。

我微笑，心裡很清楚他想問什麼。

「那個……巧嘉學姊，」學弟嚥下一口口水，慢慢把手放下，「請問，妳現在是單身嗎？」

我笑了，這次完全是忍不住譏笑的那種。我知道這樣有點不好，於是清了清嗓，想要道歉：「抱歉，學弟，我——」「她不是單身。」驀然一道男音插入我和學弟之間。

我愣然地瞪大雙眼，聽著那道熟悉的聲音，完全無法動彈。意識到對方是誰後，我立刻別開頭，躲開張久岳的目光。我連他現在的模樣都不敢看。

「你是誰啊？」學弟的語氣聽起來明顯不悅，是他從沒在我面前嶄露過的態度，但老實說我一點也不詫異。

「妳學姊的男朋友。」張久岳說完，輕笑了幾聲。我霎時驚愕地轉過頭，睜圓了眼，望著語出驚人的張久岳。

「唷，妳可終於沒躲我了。」張久岳用著那雙依舊美麗的鳳眼盯著我瞧，從前那種隨時都要衝上來揍我的氣焰改變了。像是由沸騰的烈焰大火，轉為瓦斯爐上的小火慢烹。

我為此愣然了好一陣子，直到學弟眼巴巴地盯著我，我才回過神來。

「學姊，他真的是妳男友？」學弟既是驚訝又是不解，「之前我從沒看過他。」

「你觀察我很久了？」我望著學弟，忍不住失笑。學弟脹紅了臉，「不，我沒有！只是好說歹說，我跟妳同社團、也是同系的……」

「別緊張。」我笑得溫婉，「我之前也從沒見過他。」

張久岳冷瞪了我一眼，我則是回予一抹平靜的眼神。同時，我感覺到心底有什麼正在悄然滲漏，我知道我要是現在再不走，那些回憶的瑣碎又會襲上我。

我只好轉過身，準備甩開他們兩個。一轉身，我感覺到自己整個人眼前一片昏花。

恰好看見楚念軒的車就停在我面前。我像是遇到救星，趕緊跑向車子，把車門打開，直接坐了進去。我一進車內，立刻向他說道：「快帶我走。」

楚念軒透過後視鏡看著我，又默默地看了一眼車窗外，立刻像是明白了什麼，直接開車，沒有半分猶豫。

很久以後，楚念軒才悠悠開口：「還好嗎？」

「什麼？」我故作糊塗。

「……別裝傻。」楚念軒依稀嘆了口氣。我縮在後座，忍不住把臉埋在腿上，「抱歉。」

「為了什麼？」他聲音沉穩地問著。

「我坐了後座。」我悶聲說道。後照鏡裡的他，明顯一愣，遲疑了許久才開口：「……原來妳還記得。」

『如果坐在後座的話，代表妳把駕駛當作司機。』

「嗯。」我輕應了一聲。車內陷入了一陣沉默。

「……剛那是張久岳嗎？」

很久沒聽見別人提起這個名字，我的肩膀抖了一下。「……我也很希望是我認錯。」我佩服自己竟然還有心情開玩笑。

突然，他把車開到路邊，然後停下。

「幹嘛？」我困惑地問。

「妳想哭嗎？」楚念軒突然問我。

「什麼？」我差點笑出來，「這是什麼問題？」楚念軒今天腦袋是不是燒壞了？

「給妳十分鐘。今天要回去吃飯，不能哭太久。」說完，楚念軒突然解開安全帶，打開車門，留我一個人在車內。

我愣然地看著車窗外的他，他的身形依舊挺拔，就站在車窗外，可是卻沒有看我，只是背對我靜靜地站著。

這一瞬間，我感到莫名的安心。我把車窗搖了下來，對他說道：「上來吧，我沒要哭。」

他轉過身，靜靜地看著我，眼神像是在問我「真的嗎？」

我點點頭，「……本來是真的滿難過的。」我僵硬地扯出笑容，「但聽到你說那麼搞笑的話，我哭不出來了。」

摻雜一點實話的謊話，聽起來應該會比較有說服力。

第一句是實話，第二句則是謊話——事實是，楚念軒讓我安心得哭不出來。

如果真的要用一個詞來形容楚念軒，我會說他是「時間」。

——時間不能改變痛，時間只能讓人適應痛。在楚念軒面前，我似乎總能學會如何與痛苦的記憶共生共存。

四年前的我，如果沒有楚念軒在身邊，我一定會死的。

不管死法是什麼。一定。

他安慰人的方式總是笨拙。他總是叫我不要哭，眼睛會腫……那些大同小異的安慰，我聽得七零八落，日子久了卻拼湊出了全部。

我將其視作珍寶。痛苦的時候，像收藏品一樣拿出來擦一擦，再好好地收回內心深處。

那是我熬過那段時間的唯一力量。如此微小卻堅定。

＊＊＊

跟著楚念軒踏入家門，就聽見廚房傳來轟隆隆的炒菜聲。我不自覺揚起笑容，提著一袋冷藏豬肉片就這樣走入廚房，映入眼簾的就是媽媽正在炒菜的身影。

楚念軒在我身後提著大袋小袋的東西，探頭看入廚房，禮貌性地向媽媽打了個招呼：「青琳，我們回來了。」

他低沉的聲音，迴盪在轟隆隆的炒菜聲中，竟也能輕易傳入媽媽的耳裡。媽媽回頭看了我們一眼，微笑點頭，表示明白。

看見媽媽和楚念軒之間這樣不冷不熱的互動，有時候我會困惑，媽媽到底是怎麼看待楚念軒的？楚念軒又是怎麼看待母親的？他們的相處模式，有點像是房東和房客。

可是，如果楚念軒不愛媽媽了，那又為什麼要繼續待在這裡？想到這裡，我深信楚念軒依然深愛母親——只是，母親這幾年來，總是無動於衷。

哪怕楚念軒就站在她的身邊，如此貼近，媽媽也總是有辦法裝作沒看見，繼續對著電視裡的高鵬訴說那些虛幻的情話。

坐在餐桌上的我，默默看著楚念軒夾了青菜，放入媽媽的碗中，我的心底不由得捲上許多的不解。

我就這樣一直盯著楚念軒，直到媽媽也發現了，問我：「怎麼了？」我回過神來，尷尬地搖搖頭。

吃飽飯後，媽媽並沒有像四年前那樣守在電視前等待七點的節目，反而是坐在沙發上與我閒話家常——高鵬主持的節目，已經播出好幾年了，雖然收視沒多慘澹，但也在各種火紅節目的打壓之下，默默地成為了深夜時段的冷門節目。

我和媽媽之間的關係真的改善了不少，以前總是相對無言，現在至少還能扯一點生活瑣事來聊。雖然我仍是刻意迴避高鵬的話題，但比起以前，我對高鵬的包容度越來越高了。有時候我還會陪著媽媽聽高鵬以前出的專輯、或是替她擦一擦櫃子上擺的珍藏品。

聊了一下，我決定替媽媽洗碗，於是從沙發上站起身，走入廚房。

我才剛在菜瓜布擠上洗碗精，就突然聽見後頭有人喚我：「巧嘉。」我轉頭，疑惑地看著楚念軒。

「妳有什麼事想問我，對嗎？」他問。

聽到這句話，我忍不住莞爾一笑，「你也太敏銳了吧。」我說完，轉回來繼續動作。楚念軒站在我身後，也不知道在想些什麼，始終沒有回答。

我用充滿泡沫的菜瓜布搓著碗，一邊輕輕說道：「其實也不是什麼大不了的事……只是覺得好奇，你為什麼一直留在這裡？」

我能感覺楚念軒在我身後的呼吸，一瞬停滯。沉默一陣子以後，他低沉的嗓音傳來：「……巧嘉，我三十八歲了。」他突然說出自己的年紀，我嚇了一跳，手裡的碗差點滑掉。

我轉頭盯著他，認真地端詳他的濃眉、他晶亮的眼眸、他映著淡淡笑紋的眼角。無論怎麼看，都看不出他真的三十八歲了。

「無論我外表再怎麼不像三十八歲，」楚念軒的口吻淡淡的，像是在訴說一件塵封已久的往事，「我確實是三十八歲，人生走過三十八個年頭了。」聽他講出「人生」二字，我才真的有了實感。

「嗯？」我輕聲詢問，不懂他突然提起年紀的用意。

「再怎麼過，也差不多就是這樣了。」他苦笑，「到了一定年紀之後，有時候想找的只是一種安心感。問我為什麼留在這裡，那是因為在這裡，我感到很踏實，能和妳們這樣每天規律的生活在一起，那種小日子裡的踏實感，讓我很安心。」

我想起他當年入住我家的理由，忍不住探問：「那，你還愛我媽嗎？」問出這句話的時候，我感覺自己的臉頰莫名發酸。

「我不曉得。」楚念軒揚起一抹更深的苦笑，「到了這個年紀……好像也沒必要談論『愛或不愛』了。」

我聽了，隱約明白，卻又一頭霧水，只是茫然地望著他。

「簡單來說，無論未來怎麼樣，只要能安安穩穩地過下去，我就很滿意了。所以也不會特別想去釐清所有事情的動機與目的，更不會想去改變什麼──現在這樣，就很好。只要能陪在妳們身邊，就很好。」他說到最後，目光含笑地望著我。

楚念軒晶亮的眼眸裡，似乎有什麼複雜的情緒在流動……我別開目光，繼續搓洗水槽裡的碗。

我不知道自己在躲避些什麼，只是覺得心裡有一股異樣的躁動。

＊＊＊

隔天早上，媽媽出門上班以前，特別開車載我回學校。我們倆坐在車內，起初沒什麼話題，直到我想起昨天和楚念軒的對話。

雖然高鵬算是我們家的禁忌話題，但我還是按捺不住好奇心，在停紅燈的時候開了口：「媽。」

「怎麼了？」她手扶在方向盤上，愣愣地問我。

「……我是想問，妳就打算讓楚念軒一直住在我們家嗎？」我問出口，才發覺自己有些莽撞，趕緊澄清：「我不是討厭他的意思，只是……這樣感覺有點奇怪吧？妳應該不是不曉得他對妳……」說到這裡，我沒敢再繼續說下去。

「我知道他喜歡我呀。」媽媽苦笑，「……但我覺得我們現在的關係很平衡、這樣很好，沒必要特別改變。」媽媽的語氣也是淡淡的，態度坦然，「我和念軒其實談過這件事，我們達成共識，就這樣繼續生活在一起也不錯。至於高鵬……」媽媽談及高鵬的時候，目光有些閃爍，那是失落且猶豫的眼神。

我忍不住皺起眉，等待她繼續說下去。

「我會繼續等。等他總有一天願意承認我們之間的感情。」媽媽露出一抹笑，有點勉強，卻看得出仍然是那個為了愛情而付出一切的傻女人。

「當初讓楚念軒住進來，是希望能讓高鵬吃醋，但高鵬似乎一點也不在乎……我和妳那時關係很差，所以妳應該不曉得，我曾經為此心碎難過，有好一陣子都走不出來。但是，楚念軒卻告訴我一段話，告訴我愛情其實是可遇不可求的。」

聽到這段話，我想起楚念軒四年前偶然曾向我提起的一篇文章。張愛玲的一篇散文《愛》，故事篇幅很短，卻足以令人銘記一輩子——那篇文章，文末是這麼寫著的：

於千萬人之中遇見你所遇見的人，於千萬年之中，時間的無涯的荒野裡，沒有早一步，也沒有晚一步，剛巧趕上了，也沒有別的話可說，惟有輕輕的問一聲：『噢，你也在這裡嗎？』

一想起這篇文章，我心中彷彿泛起了圈圈漣漪——也許，我和韓宇森當年的愛情，就是晚了那麼一步。而母親，則是沒遇見她所遇見的人。

媽媽沉吟許久，再次輕啟嫣唇：「現在想來，只覺得自己做了很多傻事，我也沒打算繼續傻下去，但最後一件、也是我永遠不會放棄的傻事，就是繼續等著高鵬。」

聽到媽媽這麼堅決而感性的口吻，我的心有一塊地方被深深觸動了。在這一剎那，我彷彿能夠理解母親過去所有的傻。媽媽就像是年少的我，造成了許多不可挽回的憾事，最後只能揣著未果的遺憾繼續生活。

——媽媽也不過就是個充滿遺憾的大女孩而已。我過去怎麼就那麼執拗呢？

我揚起苦笑，拍拍母親放在方向盤的手，「媽，我會陪著妳一起等。」

這一瞬間，我看見媽媽的眼裡，霎時盈滿了淚光。也許，她也一直等著我這句話。等了大半輩子。

「只要妳不做傷害自己的事情，我都支持妳。」這種話明明該是母親對子女說的，現在卻換成了我的臺詞。

我希望母親能曉得我話中的涵義——無論她與高鵬之間的感情到底是不是真的，那都無所謂。

我只希望自己的母親，能夠一切安好。

＊＊＊

下了車，一看見校園，昨天離校時發生的事情頓時湧上心頭——張久岳的出現實在太突然，直到現在我還覺得是一場夢，因此幾乎快忘了這件事，直到現在才猛然想起。

我嘆了口氣，心中暗自祈禱昨天張久岳的出現真的只是夢，就算不是夢也好，至少不要持續到未來，只要張久岳不再出現，無論是什麼都好。

我的手機突然響起，我趕緊接起來，是尤妮妮。

「喂？江巧嘉妳在哪，要不要一起吃早餐？」

我啞然失笑，「吃早餐？現在都十點了耶。」我一邊講電話，一邊餘光瞥見身後有人朝我走來，我趕緊讓開，以免擋到別人的去路。

「十點為什麼不能吃早餐？要不是待會有課，我一定睡到下午。」尤妮妮撒著嬌，「拜託啦！一起去吃嘛。」

我的餘光瞥見那抹人影沒有離去，而是定定地停在我身後。我一邊轉身，一邊對著電話說道：「好啦，妳在……」我的目光迎上眼前的人，瞳孔遽然縮成一點，未完的話語也被眼前的一雙鳳眼剪得支離破碎。

「蛤，什麼？」尤妮妮在電話那頭大聲嚷嚷。

我抓緊手機，對著電話那頭說：「尤妮妮……」

「幹嘛？」

「我們晚點再說。」說完，我迅速掛斷了電話。

這次，我再也逃不了。因為張久岳就站在我面前，如此貼近。我甚至能想像，自己只要一個轉身他就會像以前那樣用力地掐住我的手腕。

「嗨，江巧嘉。」他的語氣故作輕鬆，一雙鳳眼微瞇。

我緊緊盯著他。良久，我才從齒縫間擠出這麼一個字：「……嗨。」

——嗨。

除此之外，我不知道該和眼前的人說些什麼。

張久岳靜靜地望著我。他薄唇微掀，繼而緊抿。

經歷昨天那場鬧劇，今天的我們，才像是真正重逢。我沒有想要馬上逃跑，他也不再吊兒郎當。

我猜，過了這些年，我們都有很多想說的話，卻始終說不出口。畢竟，時光帶來的很多，卻帶走了更多。

「……好久不見，江巧嘉。」他像是重新向我問候一次，我也終於認真地聽進他的一字一句。

我有些愕然。

如果聲音會有顏色——當年，張久岳的聲音，是白色的，像隨時會被吹散的一把灰燼。現在，則是火紅色的，像一片死灰中復燃的火花星子。

「嗯。」我低下頭，不去看他的那雙眼睛，也試圖忽略他話裡的顏色，「……僅此一次吧，」良久，我吐出這句話，接著重新抬起頭，說道：「以後別見面了。哪怕只是巧遇。」

說完，我邁開步伐，直直越過他的肩側。

我想，他應該明白的。他應該要明白的。我一點也不想與他重逢。

他的聲音在我身後響起。頓時，我感到背後有一片閃爍隱隱發燙——我愕然地轉過頭，只見他那雙深眸裡沉著幾縷笑意。

「妳一定很想他。」他說。

我的呼吸有一瞬的停止。我笑開來，故作好奇地望著他，「哦？」

他笑而不答，意味深長地望著我。我知道，這是他在等我露出破綻——其實我一直都曉得自己的偽裝有多麼拙劣。

儘管如此，我依舊打算裝傻。正要開口嘲諷，卻見他的眼眸一瞬漫開悲鬱——我再次頓住，微瞠雙眸，直直看進他那雙眼睛裡。

「……不瞞妳說，我也很想他。」他說。

說完，張久岳揚起一抹苦笑，接著舔舔自己乾裂的唇，像是準備說些什麼重要的話。

我渾身一僵，眼睫止不住地顫動——

「在一起吧，我們。」他說，「這次不是開玩笑了。」

我沉默不語，斂去驚訝，靜靜地望著他。他也靜靜地望著我。

然後，我看見他伸手，從褲子的左邊口袋裡掏出菸盒。我的心臟因此而失控跳動。這一瞬，我明白了很多事。

「好。」我揚起一抹微笑，「在一起吧，我們。」

儘管，時光帶來的很多、帶走的更多，然而留下的，卻也已然足夠成為回憶。

我和張久岳，都同時擁有對韓宇森的回憶。而韓宇森留給我們的，已然足夠我們去舔拭彼此的傷口。

＊＊＊

現在已經將近十一點，整間早餐店裡就只有我們三人，呈現非常微妙的情勢。

張久岳手中拿著筷子，埋頭夾了一塊蛋餅就往嘴裡送，連眼睛都沒抬一下。

吃過早餐的我只是坐著，拿起大溫奶，含住吸管輕輕啜了一口。

尤妮妮桌上放著一盤鐵板麵，本該熱騰騰的麵卻已經不再冒煙；她手裡拿著剛開封的免洗筷，戳在自己的臉頰上，呆滯地打量著我們兩個。

我吞下一口奶茶，終於忍不住，開口提醒：「妮妮，妳的麵快糊掉了。」

她像是大夢初醒，搖搖頭，茫然地開口：「……所以，你們兩個真的交往了？」

我苦笑，「嗯。」

「妳為什麼沒告訴我遇到張久岳的事？」尤妮妮的語氣依舊茫然。

我想回答，可是根本不知道怎麼解釋。我皺眉，只好誠實以告：「我們昨天才遇見。」

這下尤妮妮再也按捺不住了，重重拍了一下桌子，瞪大雙眼盯著我們兩個，「妳是說，昨天是你們四年來第一次見面？然後馬上就在一起了？」她拔高了音調，不敢置信地嚷著。

「噓。」我四處張望，深怕招來不必要的目光，「妳小聲一點。」

「不、不是啊，這也太荒謬了吧？」尤妮妮壓低音量，手裡握著筷子，驚愕地說道。

我不置可否，只是微笑，「我本來沒打算這麼早告訴妳的……」

「對啦，要不是那個砲灰學弟跑來找我訴苦，我可能一輩子都不知道啦！」尤妮妮一邊說，一邊忿忿地用筷子戳著盤子裡的麵條，「那個學弟跑來跟我確認妳是不是有男朋友的時候，我還信誓旦旦地跟他說沒有……」

「昨天的確是沒有啦……」我喃喃道。

坐在我旁邊的張久岳已經吃完最後一塊蛋餅，此時正拿著衛生紙擦拭嘴角。

學校當初對外宣稱韓宇森死於意外，我也覺得沒必要戳破，不如就順水推舟。也因此，尤妮妮只隱約曉得我以前和張久岳、韓宇森兩人很要好，以及韓宇森之後不幸身亡的事情，唯獨就是不曉得我們三人之間曾發生過什麼，包括那些糾纏在其中的遺憾與傷痛……

「那你呢，沒什麼話要說嗎？」尤妮妮愣愣地望向張久岳。

「我跟妳不熟。」張久岳終於開口了，一雙鳳眼微瞇。

我只能勾起無奈的微笑，然後看著尤妮妮因為尷尬而低頭狂吃的模樣。

「……麵都糊掉了，好難吃。」

最後，我們三人的對話就以尤妮妮的這句話作為結尾。

＊＊＊

尤妮妮因為待會有課，加上氣氛尷尬，因此決定落荒而逃。

我和張久岳結完帳後，一前一後踏出早餐店。我走在後面，看著他的背影，竟有種深刻的熟悉感。好像時間被推回了當年，當年韓宇森還在的時候。

「……張久岳。」我出聲喚他。張久岳轉過身來，平靜地望著我。

「你過得好嗎？」我問。

「嗯，馬馬虎虎吧。」他給了如此含糊的答案，我頓時不知道該說些什麼才好。

我們對望了許久，最後是他打破沉默：「我本來不是這間學校的，妳知道嗎？」

我點頭，「大概知道。」

「我是為了妳才來的。」

我微瞠雙眸，「為什麼……？」

「我常常做一個夢，是在巷子裡和韓宇森一起抽菸的夢。」張久岳緩緩地走近我，鳳眼裡蘊含著深不見底的幽深，「……最近，我又做了那個夢。」

他頓了頓，凝望著我，「而這次，韓宇森的樣貌是模糊的。」他的聲音驀然變得低沉，像是在隱忍什麼，「這代表什麼，妳知道嗎？……這代表我快要忘了他的模樣了，江巧嘉。」說到這裡，我似乎看見他的眼裡閃著淚光。

四年過去了，張久岳的樣貌依舊，卻多了幾分蒼白與憔悴。他瘦了一點，本來就消瘦的臉頰現在看起來更是稜角分明。看著他憔悴的面容，我竟有種心口被刺傷的痛楚。

他長吁了一口氣，才像是做好心理建設似地啟口：「我……我不想忘記他的臉。也許看見妳，我就能想起他的模樣，所以我就來找妳。」

我抿著唇，雙手插在口袋裡，卻再也溫熱不起來。聽著張久岳的一字一句，我的手指逐漸冰涼。

「那有成功嗎？」我淒然一笑。

他輕輕點頭，接著說道：「……抱歉，我提了很自私的要求。隔了這麼久才見面，我卻……」我知道，他指的是與我交往的事。

但我只是斂去笑容，真摯地開口：「你覺得我是為了什麼才答應？」我微微一笑，「是因為我明白你的想法，以及我也想要這麼做。」張久岳愣愣地看著我。

「我曾聽過一句話，『人的生命不是永恆，卻能在記憶裡得到永生。』……我也想讓韓宇森得到永生。我也不想忘記他。」

張久岳的眼淚倏然盈滿眼眶。「……江巧嘉。」張久岳突然喚我，我有些愣然，突然間有種渺如夢境的不真實感。

「我終於知道，當年韓宇森為什麼會說妳很特別了。」他噙著淚水，對著我莞爾一笑。

我心裡頓時漫開一股酸澀。張久岳再度邁出步伐，一步兩步三步，直到離我只剩下一步的距離才停下。我凝視著他，他也這樣凝望著我。

透過張久岳的瞳孔，我彷彿看見了那個站在走廊上的韓宇森。此刻我們望著彼此的眸，裡頭只剩下那一把青春裡的柔軟歲月——

當時的韓宇森，噙著一抹溫柔的淺笑，用著溫潤的嗓音這麼向我說道——

『……巧嘉，妳是個很特別的女孩。』

「江巧嘉，妳真的是個很特別的女孩。」張久岳的聲音，與韓宇森的溫潤嗓音倏然交疊，在我耳畔迴盪不已。

就在這瞬間，我的眼淚毫無預警地掉落。溫熱的眼淚不斷從我眼角裡滲出，模糊了張久岳的臉。

在一片朦朧之中，我好像真的看見了韓宇森。

最終章：

時光

和張久岳交換了聯絡方式以後，我們先暫時分別。

我腫著眼睛，剛才那種撕心裂肺的痛楚還縈繞在心頭沒有散去。一切都恍如夢境一般——在過了這麼久以後，再度碰觸腦海深處擱放多年的記憶，就像是在一片迷霧中渡過不見天日的時光，倏然看見太陽，下意識總覺得那只是幻影。

張久岳離去前，輕輕摸了我的臉頰。我有些愣然，定定地看著他。

「我走了。」說完，他竟露出了一抹笑容。

那是我四年前從沒看過的溫暖笑意——這四年來，他究竟改變了多少？

有種酸楚在我心中蔓延開來，直到此刻，我才真正感受到了「時間」的力量。

時間，真的可以改變非常多事。時間可以改變一個人，讓他從烈焰高漲的男孩蛻變為溫和成熟的男人；同時也可以改變一段記憶，讓它從熱鐵烙膚轉而模糊難明。

——但是時間，卻改變不了痛楚。我和張久岳各自走了這麼多的時光，時光卻始終改變不了韓宇森在我們心頭留下的傷。

沒來由地，我想起了楚念軒。

正當我還耽溺在自己的沉思裡時，尤妮妮竟然打電話給我。我接起來，困惑地問：「妳不是要上課嗎？」

電話那頭沉默半晌，才悠悠地說：「抱歉啦，是我騙妳的……我只是覺得太尷尬了，所以先走。」尤妮妮頓了頓，緊接著又說：「張久岳還在嗎？」

我苦笑，「他先走了。」

「那太好了。」尤妮妮鬆了口氣，接著問：「……可以聊聊嗎？」她的語氣變得小心翼翼。

我一詫，不知道她想聊些什麼，但我還是一口答應。

＊＊＊

「妳不是很討厭談戀愛嗎？」尤妮妮一看見我，劈頭就問。

我被問得語塞，沉默了好一陣子，才緩緩開口：「……時間久了，很多事都會改變的。」

「那妳告訴我，」尤妮妮盯著我，表情認真，「妳四年前，到底和張久岳他們發生了什麼事？」

「為什麼這麼問？」我反問。

「巧嘉，妳四年前跟我說妳媽生病的時候，是怎麼跟我說的？妳說，妳終於知道原來妳想要的不是懂妳的人，而是願意聽妳說的人——」尤妮妮深吸了一口氣，接著皺起眉，「那為什麼，妳還是一樣所有事都自己承擔？」

我微瞠雙眸，茫然地盯著她。

「……其實，我一直都看在眼裡。」尤妮妮的眼神變得黯淡，「當年那個韓宇森去世以後，妳就變了。我的意思不是變得不好……我不知道該怎麼說……總之，當我在大學時再遇見妳的時候，我總有種妳更寂寞的感覺了。」

我一陣愕然，從沒想過尤妮妮會說出這種話。

「我會問妳四年前發生什麼事，真的不是好奇也不是八卦……」尤妮妮的眼睛盯著我，眼裡滿是真摯，「我只是希望妳可以讓我替妳分擔而已。」

說到這裡，她竟然有些哽咽，「妳懂那種，只能看著朋友默默痛苦，卻連她在苦惱什麼都不知道的慌張嗎？我不想再看妳一個人悶悶不樂了，雖然我很幼稚，連有建設性的見解都提不出來……但至少，我可以聽妳說、替妳分擔痛苦。」

我只是望著尤妮妮，不發一語。

「這些話，我本來一直不知道該怎麼告訴妳。直到張久岳出現，我真的覺得你們之間很詭異，看起來也沒有喜歡對方，而且妳以前總是很排斥戀愛的，為什麼會這麼快就在一起？我、我真的不是好奇……我只是怕妳受傷害。」尤妮妮一再強調，越說越慌張。

我忍不住露出笑容，摸摸她的手背，「妮妮，聽我說。」我垂下眼瞼，「謝謝妳這麼擔心我。放心，我知道妳的心意……」我一時之間，竟不知道還能說些什麼。想感謝尤妮妮的事情太多，想道歉的也太多。

「我會沒告訴妳四年前的事，是因為那是我不想去回憶的事情……韓宇森去世的事，一直到現在我都還很難釋懷。」說這句話的時候，我感覺心裡有點澀然。

「有些痛，是告訴別人就能好一點，但韓宇森的事對我而言，無論向誰傾訴，都只會加劇痛楚……所以，對不起，我沒有告訴妳。」我嘆了口氣，「但請妳放心，我知道自己在做什麼，我不會讓自己受傷的。如果我真的覺得累了，一定會找妳訴苦的，好不好？」我抬起頭望著她，微笑問道。

尤妮妮眨著一雙充滿水霧的眼睛，沒再說話，只是猛地點頭。

原來我一直以來，都忽略了尤妮妮的感受。她一直擔心著我，從高中那時候就這樣一心一意地向著我。好不容易我願意讓她分擔我的寂寞，現在卻又放任歷史重演。

——但至少這次，我不會再輕易讓自己失去這個朋友。

時間不只能改變事物，還能讓人看清許多事情。誰對我是真心的，時間久了就都能明白——尤妮妮或許沒經歷過那麼多痛苦，沒辦法明白我的心思，但她卻什麼都願意聽我說，只希望我不要自己悶著承受。能有這樣的朋友陪著自己，我覺得自己真的非常幸福。

接著，尤妮妮突然破涕為笑，眨著眼問我：「那，張久岳是個什麼樣的人啊？我對他的印象只有他高中時凶神惡煞的樣子。」

我聽了，忍不住笑出來，「我對他的印象，其實好像也是那樣。」

說到這裡，我笑意忍不住更深，接著又道：「不過相處久了，會發現他是個做什麼事都很直接的人，喜歡就喜歡，討厭就討厭。」

尤妮妮點點頭。

我隱約想起了什麼，微笑說道：「或許就是他的那份直接，讓我學會了怎麼坦然面對自己的感情……」我的話語變得越來越沉，笑容也漸漸變得苦澀。

當年，若不是張久岳一眼看出我與韓宇森之間的情愫，或許直到現在，我都還沒有勇氣承認自己喜歡韓宇森。

因為誤會，我釀成了許多未能挽回的遺憾。如果到了現在我還一直執迷不悟，不肯承認自己對韓宇森的感情，那我只是更加對不起韓宇森而已。

尤妮妮聽了，眼神閃過一絲光芒，「所以是他教會妳愛情的囉？哇！好浪漫！」

我一陣愣然，旋即發現尤妮妮似乎誤會了什麼，不禁噗哧一笑，「真的是拿妳沒辦法……才不是這樣啦。」

尤妮妮聽了，只是傻傻地笑著，卻沒繼續問下去，似乎一點也不好奇自己誤會了什麼。

四年前的她，這種時候一定會打破砂鍋問到底，可是她現在卻選擇這樣看著我，靜靜地笑著。

察覺這些變化的我，也只是微微勾起一抹笑，心中有股暖意流淌而過。

＊＊＊

傍晚的時候，張久岳來找我，問我想不想去看電影。

「哦，好呀。」我笑道，「但是我得打通電話回去，叫我媽不要煮我的晚餐了。」

「妳大學還是住家裡？」

我搖頭，「我有在附近租房子啦，但有時晚上會回家吃個飯什麼的，那幾天也會乾脆就住家裡。」

「這樣好像有點浪費錢。」張久岳淡淡地下了這句評語。

我苦笑，想解釋卻又不曉得該從何說起——事實上，學校離我家滿遠的，平時通勤很不方便，只好在學校附近租房子；但有時楚念軒不必加班，他會來載我回家吃晚餐，當晚我也會直接住家裡，隔天早上再讓楚念軒送我回學校。

不過，我實在不曉得該怎麼解釋楚念軒的身分，只好微笑著，保持沉默。

我從口袋裡拿出手機，在通訊紀錄來回滑動。我刻意略過了楚念軒的手機號碼，直接按下家裡的電話。等了一陣子，接起來的，卻依舊是那道低沉的嗓音：「喂？」

我垂下眼瞼，「喂，楚念軒，我是巧嘉。」

楚念軒輕輕應道：「嗯，我正要去接妳。怎麼了？」

「……我今天不回去吃飯，所以你也不必來載我了。」說出這句話的同時，我有點莫名的心虛。

「嗯，知道了。」楚念軒的口吻，淡淡的。

「那……掰掰。」我說。

楚念軒沉默半晌，才緩緩地說道：「今天很冷，多穿件衣服。再見。」

掛斷電話，我不自覺鬆了口氣。

張久岳走到我身旁，盯著我良久。我被他看得渾身不自在，皺起眉問道：「幹嘛？」

「妳爸？」他的鳳眼微瞇，緩緩湊近我。

我愣然，接著笑了出來，「才不是啦！誰會叫自己爸爸全名啊？」一想到楚念軒被說是我爸，我就忍不住想笑。

「沒什麼，」張久岳重新挺直了背脊，與我拉開距離，「只是……總覺得妳和他說話時，語氣很溫柔。」

我聽了這句話，頓時愣在原地，還沒反應過來，就聽見張久岳的聲音傳來：「走啦，不是要看電影嗎？」

我這才回過神來，趕緊跟上他的腳步。

一路上，我們倆一前一後地走著，彼此都沒說什麼話。突然，他開口了：「下星期，我有一場國中同學的聚會。妳願意跟我一起去嗎？」

我微微一詫。他這是要我以女朋友的身分出席嗎？

「妳別想太多，」張久岳輕輕開口，「我只是找不到理由拒絕……然後，國中是我真正開始喜歡韓宇森的時候，所以……」

聽到他這樣的解釋，我突然什麼都懂了。我微微一笑，加快了步伐，與他並肩同行。

我小心翼翼地把手放在他的大掌裡，他微微一愣，一雙鳳眼盯著我看。我微笑，對他說道：「放心吧，我會陪著你的。你現在不是一個人了。」他的掌帶著涼意。

他無須再獨自一個人面對那些充滿遺憾的回憶了，因為他現在再也不是一個人。

張久岳現在有我。無論我是以什麼身分陪在他身邊，至少他都不再是一個人——而我，也是。

張久岳露出一抹苦笑，眼裡彷若有什麼在閃爍。看著他那雙充滿光亮的鳳眼，我竟突然有種喘不過氣的窒息感……

「國中時的韓宇森，是什麼樣的呢？」我別過目光，看著遠方說道。雖是臨時起意，這個問題卻也是我真心想問的。張久岳握著我的手，緊了幾分。

過了良久，他才緩緩開口：「……和高中時一模一樣，壓抑、溫柔、善解人意……」

我聽見身側的他長吁了一口氣，眼前有白霧緩緩散開。我莞爾，卻帶了一絲苦澀，「那，你是怎麼喜歡上他的呢？」

說到這裡，似乎勾起了張久岳的什麼回憶。他突然輕笑幾聲，「這原因很好笑，卻是真心話。」

「……什麼？」我抬頭，望著張久岳分明的下巴線條。

「因為他不討厭我。」他的語氣，驀然變得沉重。我愣住，突然想起他曾經說過的話——

『老實說，我的直覺很敏銳。尤其身為這個社會上不被接納的同性戀者，我對於鄙視、不屑、害怕或是厭惡，這些情緒，其實都能敏銳地察覺。』

『當我察覺妳很鄙視我對韓宇森的感情的時候，我的確很生氣，但也無能為力，因為我其實已經習慣了被這樣對待。』

明明是四年前說的話，我卻一字一句都記得如此清晰。因為，張久岳當時說出這些話時，神情裡的無奈與痛苦，全都還歷歷在目，令我記憶猶新。

我沉默，沒有答話。張久岳卻兀自開了口，繼續說道：「韓宇森應該曾經告訴過妳，我的家庭狀況其實很糟。」

他頓了頓，又說：「我從出生就沒見過我媽，我爸獨自拉拔我長大，結果又因為生病而去世……當時，我在學校的綽號是『沒人要的小孩』。他們不曾在我面前喊過這個綽號，但我都能察覺，或許我天生就是比較敏銳一點吧。」說到這裡，他自嘲一笑。

我靜靜地聽著，心底泛開一股刺痛。

「接著，我在親戚之間像是被踢皮球一樣，到處踢來踢去，沒有人想要收留我這個拖油瓶。甚至有親戚說我是剋星，剋死自己的爸爸。那段期間，我幾乎沒說過任何一句話，就這樣坐在角落，茫然地看著親戚為了我的去留而吵架、甚至打架。我還來不及從失去爸爸的傷痛裡走出來，我就又被逼著要面對親戚們憐憫或厭惡的眼光……」張久岳嘆了口氣，牽住我的手變得越來越緊。而我只是默默地聆聽著。

「那段時間，我馬上就學會了怎麼分辨『討厭』的目光。同學也討厭我、親戚也討厭我——那時，我就下定決心了，如果有人『不討厭』我，我會給他我的所有，我願意永遠只看著他、永遠只跟著他……」

「所以，那個人就是韓宇森嗎？」我望著他的側臉，問道。

張久岳搖搖頭，「不，第一個讓我這麼付出所有的，其實是我國小五年級的一個同學。」

他苦笑，接著說：「他是個男孩子，在班上很受歡迎，看到我被排擠的時候，他總是挺身而出，要大家別欺負我。當時，他的眼裡一點厭惡也沒有，所以我就決定要永遠跟隨著他。」

「……然後呢？」

「因為我一直黏著那個同學，班上就開始出現了一些傳聞，說我喜歡男孩子——結果，我不只成了『沒人要的小孩』，還被冠上『噁心的怪物』這個稱號。原本不討厭我的那個男孩，也因為害怕我真的喜歡他，所以開始跟著大家討厭我了。」

我驚愕地望著他，「你……」

對一個年幼的孩子來說，一夕之間失去父親、遭受親戚的冷眼對待、又遭到同儕辱罵……張久岳的過去，究竟有多麼慘痛？

「妳不要可憐我啦。」張久岳轉過頭來，笑著對我說，「因為，我的不幸沒有持續很久。我國一的時候就被韓宇森的爸爸收留，然後和韓宇森成為了至交。」張久岳的笑容，說到這裡的時候，變得極為燦爛。

「小時候呀，哪懂得什麼喜歡不喜歡的？我只知道韓宇森不討厭我，而且對我很好，比阿姨對我都還要好，所以我很珍惜能跟他在一起的時光。到了大概國二的時候，我才明白我對韓宇森的感情，叫做『喜歡』。」張久岳微微笑著，笑容在夜晚卻顯得如此黯淡。

我霎時有些悵然，只能皺著眉頭，凝望著他。

「只是，怎麼我喜歡的人，總是會離我遠去呢？」張久岳突然哽咽，眼神複雜地盯著我，「我的爸爸、還有韓宇森……全都離開我了。」

聽到這句話，我也不禁鼻酸。我後悔問了張久岳過去的事情。那些事情，都太沉重，一旦回想就沒完沒了，而我根本無力替他分擔。

「難道喜歡男生就是錯的嗎？」他的聲音顫抖著，「為什麼那些人要這樣說我？他們當年罵我是『噁心的怪物』，就像一道痊癒不了的傷痕，讓我直到韓宇森去世以前，都還不敢向他坦承我對他的感情……」

我和張久岳，彼此都有未能完成的遺憾。

我不敢承認自己也擁有「喜歡」這種情愫、張久岳不敢跨過當年的心坎，向韓宇森說出自己最真實的感情……我們的不勇敢，釀成了諸多遺憾，讓我們此刻只能望著彼此，填補心中的那份缺憾。

「對不起。」突然，張久岳低聲說道。

「嗯？」

「我不是故意要妳聽這些的。」他嘆了口氣，「只是……我覺得妳是個很好的說話對象，所以……」

「沒關係。」我微微一笑，「我們現在是男女朋友了，不是嗎？雖然這段關係不代表什麼，但總之，你不再是一個人了。」

聽到這句話，張久岳露出一抹淡淡的笑容，靜靜地凝望著我。

結束剛才的那段對話，張久岳走在我的身旁，一副心事重重的樣子。而我一句話也沒說，只是牽著他的手，一路走向電影院。

我隨便選了一部電影，連食物也沒買，拿著票在外面等了一會兒，時間到了就和張久岳走入漆黑的廳院裡。

一坐定位，過沒多久螢幕上就開始播放影片。聲光效果很好，環繞在耳邊像是身歷其境，我卻什麼也看不進去。

電影院裡很冷，我卻感覺自己與張久岳交疊的那雙手變得越來越溫暖，我忍不住低頭看了一眼。

正當我要重新把目光挪向螢幕的同時，張久岳突然開口了：「巧嘉。」他的聲音很低很低，像是會隨時消散的一縷煙。

我聞見他身上的菸味，一如當年，他和另一個他身上的味道。

我愣愣地看著他。耳邊聲音依舊環繞不已。

張久岳盯著我，一雙鳳眼在黑暗中閃爍著亮光。突然，他湊近我，越來越近、越來越近——我鼻腔裡沁滿了他身上的菸味，頓時竟感到動彈不得。

他的唇輕輕靠在我的耳畔，一陣搔癢感傳來：「巧嘉，謝謝妳。」他說。

接著，一道很輕很輕的話語傳來——「巧嘉，或許……我能喜歡上妳。」然後，我感覺一股溫熱覆在自己的唇上。

我愣愣地望著張久岳近在咫尺的臉，一瞬間思緒像被攪亂，我再也看不清張久岳的臉，我唯一能感知到的，只剩下彼此鼻息間的那股菸草味……

這個瞬間，浮現在我眼前的，是韓宇森當年那張清秀的臉龐。

我的淚水驀然盈滿眼眶。我緩緩閉上雙眸，眼淚也隨之落下。

我不曉得自己為什麼要哭，也不知道自己為什麼要任由張久岳吻我。我只知道，當張久岳說出那句話的時候，我竟然萌生了想要逃走的念頭……

張久岳對我說了：謝謝妳。我卻想對他說：對不起。

——因為這個吻，是我給韓宇森的。

——因為我知道，我永遠也不可能愛上張久岳。

***

「最近很忙？」楚念軒在電話那頭溫聲問道。

我已經將近一個星期沒有回家吃飯了，但楚念軒依舊固定每天在相同的時間點打給我。

「……嗯，算是吧。」我一手拿著手機，一手輕輕撥弄衣櫃裡的衣服，看來看去都是普通的毛衣和牛仔褲，好像沒什麼特別的。

「那我每天這時間打電話，應該沒吵到妳吧？」楚念軒又問。

聽見這個問題，我不由得一愣，本來含在口中的「沒有」二字，也就這樣打住沒講出口。

我這才發覺，自己總是在固定的時間，接起來自楚念軒的電話，從來沒有漏接過。我突然有點尷尬。銜在口中的「沒有」二字硬生生換作一種勉強而為難的語氣：「……還好啦，別介意。」

……我為什麼要裝作勉為其難的樣子呢？

電話那頭沉默了一陣子，接著低沉的嗓音傳來：「……抱歉。那麼，妳如果哪天有空回家吃飯了，再打電話給我。」

他說完這句話便沉默了。我聽著電話那頭微弱的呼吸聲，頓時感到一陣前所未有的茫然。

我到底在做什麼呢？

「……好，那就這樣吧。」我捏住其中一件衣服的袖子，輕輕地回答。

我又為什麼要答應呢？

「巧嘉，妳……」楚念軒的語氣突然變得猶豫，似乎有什麼話想說。

一股忐忑襲上心頭，我吃力地問出口：「……嗯？」

「妳最近有空的話，多回家吧。」

我愣住，沒有說話。心裡突然浮上一絲不好的預感。

——這次，換我主動掛斷了電話。我把手機快速地收進口袋裡，像是想把剛剛的困惱全都一併收起，動作一氣呵成。

然後，我盯著衣櫃裡的衣服，仔細端詳。現在，我應該苦惱的絕不是楚念軒剛說的話。

我該苦惱的是陪張久岳參加同學會，該穿什麼樣的衣服？

沒錯，就是這樣。但是，我心裡的那絲忐忑，卻絲毫沒有消退……

換好衣服後，我坐上床沿，咬了咬唇，手指微顫地拿起手機，在搜尋引擎上key下我已經時隔許久不曾再搜尋過的姓名。

搜尋結果很快地跑了出來，是幾家不同新聞台的網路新聞——大同小異的標題，全都在說明同一件事。這一刻，我的心臟倏然緊縮，同時感覺四肢末梢正在變得冰涼。

『妳最近有空的話，多回家吧。』想起楚念軒的話，我的心臟只是沉得越來越深。

『現在想來，只覺得自己做了很多傻事，我也沒打算繼續傻下去，但最後一件、也是我永遠不會放棄的傻事，就是繼續等著高鵬。』想起母親的那段話，我忍不住握緊了發燙的手機。心臟像是隨著這句話變得火燙。

手機的畫面仍停留在高鵬猝死於家中的消息。

不可能。我撐起一抹笑，搖著頭，試圖說服自己——媽媽明明說過自己不會再繼續傻下去了，她會做到的……

是嗎？可悲地，我發現自己根本無法篤定。我摀住自己發熱的眼角，滿溢的擔憂湧上心頭。

轉念一想，楚念軒在電話裡的聲音，聽起來很冷靜。想到這裡，我忍不住鬆了一口氣。

沒錯。媽媽既然已經說過自己不會再做傻事，那就一定不會的。

我應該要相信她的。

＊＊＊

挽著張久岳的手，我們漫步在沒有星子的夜空下。

張久岳的體溫總是很高，一如當年火爆的性子。在冬天裡挽著他的手，彷彿整顆心都溫暖了。

黑暗裡，他的側顏彷彿隨時都會被夜色模糊。然而他的一雙眼卻依舊晶亮。有些人、有些事會隨著時間改變，卻也有些東西是不會變化的。

張久岳沒有挽著我的那隻手，探入口袋裡掏出菸盒。他俐落地用單手抽出一根菸，輕輕咬住。就在要把菸盒收回口袋的剎那，他像是想起什麼，停了一下，腳步也跟著變慢。

我困惑地望著他，他則轉過頭來看了我一眼，接著拿著菸盒的手，緩緩靠近我。

「要嗎？」他咬著菸，音色模糊地問我。我搖頭，不知怎麼地，露出一絲苦笑，「我不抽菸的。」

他動作一滯，半晌才緩緩將菸盒收入口袋。他就這樣咬著一根還沒點燃的菸，若有所思。

「……怎麼了？」

「沒什麼。只是想起了，當年妳拿著菸盒朝我丟來的樣子。」張久岳把菸拿了下來，衝著我莞爾一笑。

我啞然失笑。腦海也有什麼正在悄然浮現。

「……妳知道嗎？我這陣子常常想起以前的事。」張久岳語氣突然變得沉重，垂下眼瞼。

我突然有些恍惚。總覺得，我和張久岳的每次見面，都不免會談到過去的事情——

我們的確是為了這樣才在一起的。可是每次都哭著結束的相遇，到底有什麼好的呢？

「我發現，我跟妳之間也有許多回憶。」張久岳驀地露出一抹笑，這次不再苦澀，「還沒跟妳重逢的日子裡，每當我夢見關於過去的事情，畫面裡永遠都有韓宇森。」

我的一顆心在聽見他這段話的同時，緩緩地往下墜，彷彿有些忐忑。

「但和妳重逢以後……偶爾，我會夢見只有妳的畫面。這是四年來的第一次。」

因為這句話，心頭浮現一股莫名難受的躁動。我實在不知道該怎麼回應，於是只好微笑，而且是非常牽強的微笑。

張久岳視線並不在我身上，所以看不見我的勉強。我也跟著垂下目光，看見張久岳那仍捻在手指之間的菸。

「巧嘉，妳還記得我上次說過的話嗎？」

「……嗯。」我顫動眼睫，話音變得孱弱。

那一晚，漆黑的電影院裡，他靠在我耳畔所說出的那些話，我怎麼可能忘呢？

他突然沉默了下來，目光也沒看著我，只是低頭看著地板，一邊繼續挽著我的手前進。

他不說話，我就也沒開口。

就在我以為這個話題已經過去的下一秒，他再次開口了——

「妳覺得……那些夢，是在暗示我什麼嗎？」他問。

一陣寒風吹來，我打了個顫。

「……你問我，我怎麼會知道呢？」說完，我還不忘輕笑幾聲，試圖化解尷尬的氣氛。

「是啊。」他的語氣有點苦澀，「妳怎麼會知道呢？」

這一刻，我突然感受到了前所未有的疲倦。張久岳挽著我的那隻手，也驀然變得沉重……

直到我們踏入餐廳，他都還沒有點燃手中的那根菸。最後，他把它丟入餐廳的垃圾桶。目睹這一幕的我，竟再次浮現了想要逃走的念頭。

＊＊＊

餐廳裡的所有人，我都不認識。我和張久岳就這樣坐在吧檯最裡頭的位子，不時有人帶著燦爛的笑容來找張久岳聊幾句，但都很快就離開，繼續去下一桌。甚至沒有人對我的身分感到好奇。

歡快的氣氛流動在空氣中，整間餐廳隨著時間越晚，人聲越是沸騰。

乾杯。歡呼。敘舊聊天。這些聲音此起彼落地在耳畔響起。

可是坐在我身旁的張久岳，卻只是保持沉默，面露微笑地看著大家聊天打鬧。我一手撐著頭，一手拿著叉子拌著盤子裡的沙拉，目光盯著張久岳看。

張久岳像是與整間餐廳裡的歡愉氣氛隔絕了，兀自陷入什麼未知的漩渦裡。

但他的嘴邊仍噙著淺笑。他現在到底在想什麼呢？為什麼我坐在他身旁，卻什麼也不曉得？

張久岳突然轉過頭來，迎上我的目光。我下意識地撇開頭，裝作若無其事地叉起一片生菜送入口中咀嚼。

……或許，我根本不願知道他在想什麼。

「巧嘉，我們先回去吧？」他的聲音傳來，我卻沒有正眼看他，卻也因為迴避了目光，所以他的聲音變得格外清晰——我彷彿能聽見他話裡的一絲寵溺。

我抿抿沾上沙拉醬的唇，問道：「你不再待久一點嗎？是同學會耶。」音量不大不小，剛好蓋過絮絮人聲。

「……已經夠了。」他的語氣帶著一絲釋然。我愣然，轉過頭去盯著他。

「……我想，我已經做好心理準備了。」他微笑。

沙拉醬的油膩口感仍殘存在我的唇齒之間，所以我沒有開口，只是默默嚥下一口口水。

他望著我，悠悠地開口：「我想，我已經做好心理準備向過去道別了。」

這句話像是一顆石子，在我平靜的心湖掀起一陣陣漣漪……

他說他要向過去道別了。

那我和他之間，還剩下什麼呢？

因為遺憾而在一起的我們，若有一方選擇遺忘，那麼我們之間，究竟還剩下什麼呢？

「巧嘉，我以前以為自己做不到遺忘的。」張久岳嘴邊笑意漸深。

我沒有說話，甚至又開始想要逃走。

「但是，巧嘉……」張久岳的眼中，彷彿有什麼正在悄然流動——

「時間模糊了韓宇森在我記憶裡的面孔，或許是為了讓另一個人的臉龐，進駐我的心中……」他的聲音不低不高，平鋪直敘，卻是如此直接地闖入我耳中——

一瞬之間，像是有什麼東西在體內爆炸。我從椅子上站起身，一顆心失控地鼓動著，像是在喉間跳動——張久岳震驚地盯著我，我也瞠著眼睛，焦躁地望著他。

「……對不起。」最後我拋下這句話，拿起自己掛在椅子上的外套，頭也不回地穿過人潮、跑出餐廳。

奪門而出的剎那，溫熱的眼淚湧出眼眶。直到此刻我才曉得，那些和張久岳在一起時所落下的眼淚，不是傷心也不是難過……而是害怕。

我害怕回憶過去。更害怕與誰創造新的回憶。

『他最後跟我說的一句話是，他很想見妳……』

韓宇森當年未果的念想，成了我這四年來揮之不去的夢魘。遺憾、懊悔的重量，我從沒仔細估量，直到張久岳對我說出要遺忘的這句話，我才赫然驚覺——原來，我對當年的那段遺憾，已經懊悔到害怕回憶、也害怕捨棄的地步。

韓宇森像是一把懸在心上的利刃。主動碰觸就會受傷，然而捨棄的同時，刀子也會直接狠狠插入心臟。

——我不願主動碰觸，卻也不願就此捨棄。

無論選擇了哪一種，都是翻天覆地的疼。

所以我甘願讓那把利刃，就這樣懸在那裡。就只是懸在那裡。

＊＊＊

在街上噙著眼淚，毫無頭緒地走著，一片黑暗之中，我彷彿又回到了四年前的那個恍惚深夜——

此刻，我像是緊握那把利刃，眼睜睜看著鮮血汩汩從我掌心滑落……

明明讓它懸在那裡就好了、明明我與回憶相安無事，為什麼張久岳卻又來逼我主動握緊那把刀，使我痛不欲生？

恍惚之中，掌心流出的血越來越多、流得越來越快，不停往下墜落……就像我此刻不斷奪眶而出的眼淚。

我的人生，已經有了那麼多的傷口，好不容易時間教會我如何適應那些痛，突然竄起的回憶像是撕開傷疤，讓它成為更深的傷口，泛起更難以忍受的痛楚。

意識渾沌之中，我聽見熟悉的旋律響起。腦子轉得很慢，我遲了許久才意識到，那是我的手機鈴聲。手機鈴聲……

——伴隨這四個字，楚念軒的臉龐倏然浮現心頭。

我像是在迷霧之中看見前方透出的光亮，身心俱疲卻孤注一擲地朝著那裡奔去——

「喂？巧嘉，是我。」

這一刻，我全身的血液凝結了。聽著那始終如一的溫潤嗓音，我所有的傷口，彷彿都在這一瞬結了痂。我摀住自己的臉，拚命抹去淚水，手裡緊握著手機，像是抓住了光亮。

「巧嘉……妳在哭？」楚念軒的語氣泛起一點皺褶。

我彷彿能想像他在電話那頭，輕輕皺起眉頭。

「楚念軒……」我抽噎著。

「……為什麼我好不容易學會怎麼跟傷口共生共存了，傷口卻還是變得更深……為什麼……」我歇斯底里地哭吼著。

我忌妒張久岳。忌妒他能把「遺忘」說得那樣簡單，而我卻連捨棄的勇氣也沒有。

我討厭張久岳。討厭他的出現，使我好不容易吞忍入腹的痛楚，再度成了撕心裂肺。

掛斷電話以後，不知道過了多久，楚念軒出現在我眼前。

他在冬夜裡喘著氣，一張臉紅通通的，目光混濁地盯著我——他看見我的剎那，露出一抹苦笑，喘著氣喃喃低語：「原來妳在這裡……」他的語氣裡，盡是放心與坦然。

我只是眼神空洞地盯著他。像是站在迷霧中，靜靜端詳遠方的那道光芒。那道光芒逐漸接近我，摸了摸我的頭髮，像陽光照耀著我。

「還好嗎？」他問著，嘴邊仍是那抹苦澀的笑。

「……不好。」面對他，我永遠都能說出真心話，毫無顧忌。

「我們回家吧。」楚念軒的手指輕輕摩娑我的臉頰，「外面很冷，會感冒的。」

「好。」我驀然一笑，眼淚卻跟著流下。

楚念軒替我擦掉眼淚，「怎麼還是跟四年前一樣愛哭，沒長進。」

耳邊的風呼呼地吹著，我聽不出他話裡的情緒，究竟是戲謔還是惆悵。

「我從來沒變過。」我微微顫抖著，「我一直……都像四年前那樣，沒長進。」面對時光，我永遠都能說出真心話，一五一十。

「……那有什麼關係？」楚念軒的目光變得清澈，我能夠清楚看見他眼底的自己，「巧嘉，妳就是妳，不需要改變。平平凡凡的，這樣就很好。」

面對如同時光一般的楚念軒，我永遠都能看見最真實的自己。

有一種東西不會隨著時間改變，那就是時間本身。

時間永遠都是那樣溫柔而寬宏的存在，它包容妳的所有傷痛、它帶著妳走出陰霾。

它會帶著妳，看見自己最渴望的救贖……我揚起一抹微笑，望著楚念軒的那雙眼眸，突然覺得傷口都不疼了。

＊＊＊

過了幾天，張久岳繃著一張臉出現在我面前，直接在校園裡把我攔下來。

「怎麼了？」我問他。他被我問得莫名其妙，說道：「這是我該問妳的吧？」

「……張久岳。」我垂下眼瞼，嘆了口氣，「對不起。」

他的態度也跟著軟化，皺起眉，靜靜地望著我。

「你說，你要與過去道別了。但我沒辦法。」

「江巧嘉，我知道這很難。」張久岳目光熾熱地盯著我，「但是……我們可以一起努力。我們可以一起揮別過去那些傷痛，然後一起擁有屬於我們兩個人的回憶……」

我心中詫異，卻始終不發一語。我們兩個之間，陷入了長長的一陣沉默。

「……江巧嘉，我知道妳是個很固執的人，所以我也不會再說什麼了。」張久岳的語氣顯得失落，卻還保有一絲傲氣。我抬起眼，這才發覺他的眼角閃著淚光。

「但是，我想告訴妳……我也曾經以為那很難。直到……」他一邊說，一邊從口袋裡掏出什麼。是一張相片。我定睛一看，不由得瞪大雙眼——那張相片，是四年前張久岳為了威脅我，拍下我拿著菸盒的照片。

「直到我在手機裡發現了這張相片，我才想起了我跟妳之間的所有回憶……沒錯，韓宇森的死讓我很痛很苦，可是我卻忘了，當年在面對韓宇森的同時，身邊還有妳。」

我看著張久岳，他的臉皺在一起，像是在隱忍哭泣的衝動。

「遺憾很痛苦，沒錯。但我們的人生不是只會有遺憾的，也會有圓滿的地方……」他深吸一口氣，接著輕聲說道——

「巧嘉，遇見妳，是我這輩子遇過最圓滿的事情。」

我聽見這句話，倏地睜大雙眸，愕然地看著他。只見他的眼淚，悄然滑落。我斂去驚愕，低垂目光。我舔舔自己乾燥的唇，接著開口——

「張久岳，對不起。」我說，「我，並不是不能向過去道別……而是我不想捨棄過去。」我呼出一口氣，「你懂這之間的差別嗎？」

我重新抬眼，望著他盈滿困惑和淚水的鳳眼。

「我知道，活在過去是件很不可取的事。但那又如何？我就是想這麼活著、我就想讓那把利刃，靜靜地懸在那裡。只要我不去碰它，它就不會傷害到我……說是不敢捨棄也好、不想捨棄也對，總之我就是不想改變它。」

我驀然想起楚念軒說的那段話——『巧嘉，妳就是妳，不需要改變。』

沒錯，我就是我。我知道揣著傷口過人生在他人的眼裡很愚蠢，但那又有什麼關係呢？

我是江巧嘉。那個最固執的江巧嘉。我為什麼要改變呢？

「你不是我所該遇見的人。」我朝著張久岳露出苦笑，「對不起。我們之間……是沒有可能的。」

張久岳啞聲問道：「為什麼？」

「因為我永遠也忘不掉韓宇森，我也不會想把他忘掉，即使他的面容逐漸模糊，那也沒關係，我會讓他好好懸在我的心上——就只是懸在那裡。讓一切都順其自然。」我微笑著，緩緩說著，「……所以，如果我和你在一起了，我們之間永遠都會隔著一個韓宇森。」

張久岳想要選擇遺忘，而我選擇的是與遺憾共生共存。因為遺憾才在一起的我們，現在若有一方選擇遺忘，那我們就再也不可能相遇了。

早在我們彼此的選擇出現歧異的那一剎，我們就已然背道而馳。

所以，我只能對著張久岳再一次這麼說道——

「對不起……你不是我所遇見的人。」

我深信，我一定能遇見一個人。

他會像時光一樣，療癒我生命裡的所有傷痕、撫平我生命裡的所有皺褶。

那才是，我所該遇見的人。

＊＊＊

時間是溫柔而寬宏的存在。然而，卻並非沒有盡頭——生命結束的那一刻，時間也跟著戛然而止，從此不再流動……

——母親離開了。

就在昨日深夜，趁著楚念軒出差的日子，她在家裡燒炭身亡。

我耳邊迴盪著搖鈴與身旁喃喃不絕的誦經聲音，恍惚地盯著母親那幀相片。而奶奶正臉色蒼白地站在我身邊。

相片裡，媽媽笑得很燦爛。媽媽生前拍的照很少，這張照片是楚念軒勉強從之前員工旅遊的照片裡找到的。

母親的面前擺了一個小香爐，煙霧繚繞於她美麗的臉龐，我漸漸看不清她的面容。

直到此刻，我才真的有了實感。媽媽是真的離開我了。

這次，再也不只是肉體上的距離、不再是我鬧彆扭搬去奶奶家和她道別這麼簡單了，而是真正的天人永隔。

我的眼淚，緩緩從眼角滲出，最後滴落。

不知道為什麼，我此刻竟感覺不到心痛。也許是因為，我受的傷已經太多太多。多到，我早已被疼痛淹沒，成為苦痛所組成的一團泥。沒有靈魂、也沒有情感……

最後，我還是讓自己留下了更多的遺憾。明明我心裡很清楚，每次新聞上出現關於高鵬的消息，媽媽表現得越是平靜，代表她的衝擊程度越大……

我明明知道的……我明明知道的——

『但最後一件、也是我永遠不會放棄的傻事，就是繼續等著高鵬。』

媽媽說過的話，如猶在耳。我卻選擇了裝傻。

高鵬這個人，代表著我在青春時代因為懵懂而釀成的諸多遺憾——當時，我對母親冷言冷語、自視甚高的態度，那些在母親眸中倒影看見自己高傲的嘴臉，我全都記得清清楚楚。

高鵬這個男人，讓我與媽媽的關係產生裂痕，更讓我間接地排斥一切關於愛的事物、間接地致使我鑄下那麼多無法遺忘的憾事。

因此，當我聽見他猝死的消息，我是害怕的。我害怕，自己與母親的關係，會再次發生改變……所以，我當作什麼都沒察覺，硬是說服自己媽媽絕不會做傻事，將一切排拒在外，就鬆了口氣以為能夠永遠不必面對。

結果我的裝瘋賣傻，將挽回母親的機會也俐落地賣了出去。我自嘲地笑了，眼淚撲簌簌地流下。

母親的死，我竟也沒來得及道別。即使我知道，無論是韓宇森還是母親，終有一天都會離我遠去，然而我從沒想過，自己連一句「再見」都沒對他們說。

——明明知道不會再見了，又為什麼要說再見呢？

我跪在靈堂的地板上，眼淚撲簌簌地落下。

——明明不會心痛了，又為什麼要哭泣呢？

我終究無法明白人生的許多波折。那些波折，被遺憾層層堆疊，化作無數坑洞，長在我本該安穩順遂的道路上。

『巧嘉，妳是個很特別的女孩。』韓宇森當年的嗓音，驀然浮現心頭。

是啊，我真的很特別。我什麼都很平凡。卻莫名地碰上這麼多的坑洞，擁有如此特別而痛苦的人生……

這一瞬間，我與韓宇森當年有了相同的茫然。人為什麼要活著呢？是不是只要活著，就要不斷地經歷傷痛？

驀然，有一股溫熱包圍著我。我愣愣地抬起眼，迎上那雙盈滿悲痛的眼睛。

「巧嘉，我們回去吧。」楚念軒擁著我，氣息溫熱，眼淚也很溫熱。

看著他眼神裡的痛苦與傷悲，我彷彿看見了當年得知韓宇森去世的自己……

人為什麼要懂得愛呢？是不是只要愛著，就要不斷地學會道別？

『只是，怎麼我喜歡的人，總是會離我遠去呢？』

張久岳當時的茫然與無奈，我已經親身體會到了……

張愛玲說：愛就是遇見妳所遇見的那個人。

那麼，我們一生究竟要錯過多少人，才能遇見自己所遇見的人？

＊＊＊

時間接近入秋，夜涼如水，我只披了一件薄外套，緩緩步向陽台。

我不喜歡菸味。所以，當我看見倚在陽台上的楚念軒手指間正夾著一根菸時，忍不住帶點諷刺地出聲：「為什麼抽菸？」

楚念軒笑了，眼角笑紋隱隱浮現，「我沒有抽，只是看著它。」

我沉默不語。

「巧嘉。」楚念軒的聲音很輕、很柔……

「什麼？」我問。

「我們都別再自責了。」他突兀地這麼說道。

我微微一愣，沉默不語，心裡卻隱約曉得他想說些什麼。

「我也曾想過，如果自己能再了解青琳一點，就能挽回她的生命。」這是好幾年來，楚念軒第一次向我提起母親。

「但是，妳母親怎麼可能讓我了解她呢？畢竟……她不是我所該遇見的那個人。」說到這裡，他轉過頭來，目光沉沉地望著我。

我垂下眼睫，「……你想遇見的人，是什麼樣子？」

「我想遇見的，是一個能夠和我一起過日子的人。生活總有太多茫然和遺憾，但是如果能遇見一個能陪伴自己的人，這段路走完似乎也不怎麼孤單。那些遺憾，似乎也不再是困擾。」他輕輕地說。

我不發一語，慢慢地走到他身邊，挨著他的手臂，輕輕地閉上雙眼。

「她可能迷惘過、可能流過很多眼淚、可能擁有很多傷疤……甚至，也可能鑄下許多連她自己都無法原諒的過錯。」楚念軒一字一句地說著。

而我只是抱住他的手臂，靜靜地聽著。

「但那都沒關係。因為活在這世上，沒人不是經過這些的。」

我聽見他的輕笑。

「反正，我們的相遇會淡化這一切。我願意像時間一樣，填平她的所有遺憾；而她也會像時間一樣，撫平眉間的所有皺褶。」

我抿抿唇，繼續閉著眼睛，安靜地聽著。

經歷過那麼多的痛楚，我遍體鱗傷，彷彿沒有未來、也沒有過去。

卻也正是因為那麼多的傷痛，才使我更明白自己渴望遇見的那個人，究竟是什麼模樣。

哪怕我仍無法提起勇氣捨棄那把利刃、哪怕我這輩子都忘不掉那些撕心裂肺的回憶、哪怕我永遠都不明白生存的意義、愛人的目的……那都沒有關係。

因為我知道，我一定能遇見一個人。他會像時光一樣，療癒我生命裡的所有傷痕、撫平我生命裡的所有皺褶。

只要能好好把日子過完、將時間耗盡，那些愧疚與茫然，全都會消逝。

楚念軒再次柔聲開口：「無論我們遇見了多少人、又錯過了多少人……」我感覺到他轉過身來，輕輕地抱住我，「我們一定能遇見自己所遇見的那個人。」

我嘴邊漾起一抹微笑，緩緩地睜開雙眸。

「巧嘉，謝謝妳在這裡。」沒來由地，他這麼說。

我扯了扯嘴角，終於開口——「我也很高興，你在這。」最後，我緊緊回擁著他。

我與楚念軒之間的情感，是愛情，也不是愛情。

這一次，不再只是我自欺欺人。因為我們彼此都很清楚，人生走到這，對彼此抱持的究竟是什麼情感已然不重要。

重要的是，我遇見了他，他遇見了我，而我們都願意陪著對方安穩地過下去、並願意帶著那些遺憾和懵懂，一直走到生命的盡頭。

待在楚念軒身邊，我不需要捨棄過去，也不需要期盼未來。

我渴望的感情，不必刻骨銘心，不必轟轟烈烈，更不必圓滿所有缺憾。

我只求遇見自己所遇見的那個人，然後與他一起虛度光陰，將這段充滿坑疤的人生，圓滿地走完。

也許人生這條路走得蹣跚，但只要遇見了妳所遇見的人，那就還算得上安穩。

番外一：

有妳的下輩子

「以前的小高一，如今也升上高二了，開始為了升學考試而煩惱。今天，高二的韓宇森同學要為大家勉勵幾句。」校長站在台上，口沫橫飛地說著。

「韓宇森同學的父親是我們學校的學務主任，平時為學校奔波忙碌，同時卻也教子有方，韓宇森同學從入學到現在，一直都是校排第一名——現在，就讓我們請他向大家分享一下唸書的技巧吧！」

聽見這段話，我不自覺顫抖手指。說完，校長把麥克風夾在腋下，帶著全校一起鼓掌歡迎我。

我輕輕地走上台，從容不迫地接過麥克風，確認過電源關關後，便將麥克風湊近自己的嘴邊，恭敬有禮地說道：「大家好，我是二年六班的韓宇森。今天，受到校長的請託，我要向大家分享的是念書方法。」

隨著自己的聲音在空氣中飄散，我竟有種恍惚感。

我現在到底在做什麼呢？為什麼我要站在這裡，對大家說這種不切實際的話呢？

我的目光不自覺搜尋著父親的身影。我知道，身為學務主任，他總是會在朝會時站在學生隊伍的最後面。

因為那是他的職責。

最後，我果然看見了他，而心臟像是在這一刻倏然緊縮。

即使已和那抹眼神相處了十七年，我依舊時常被扎傷。

——他的眼裡總是一點波動也沒有，看著我時總像在看一個陌生人。

我已經這麼努力了，就連這種虛浮的台子我都站上來了……他究竟要我做到什麼地步，他才肯給予我渴望的愛呢？

我抿抿唇，繼續說道：「能比別人提早找到屬於自己的讀書方式……這必須歸功於我的父親，也就是韓主任。謝謝我的父親，也謝謝所有盡心栽培我的師長，我會跟著同學們繼續努力，希望在高三的升學考試上能獲得佳績。」我一字一句，說得臉頰有些發酸。

下台時，我抬頭望向站在頂樓的張久岳。

他站得太遠，我看不清他。但我深信，他一定能看見我此刻絕望的眼神。

＊＊＊

和張久岳窩在熟悉的巷內，我從他那裡拿到一盒菸。只有在這種時候，我才能感到一絲絲的安心和踏實。

熟練地點好菸，我咬住菸管，菸草摻雜難聞的氣味逐漸充斥我的鼻腔，有時我會覺得那些煙霧伴隨氣味蔓延到我的四肢。

只有在這種時候，我才能感知到自己活在這個世上。

生活無法給予我的踏實感，只有在抽菸的這一刻能夠滿足。人生像是一場夢境，然而看著煙霧在面前繚繞不去，我才像是在恍惚之間略顯清醒。

「你……還好嗎？」張久岳低問。我望向他，他一如往常地靠在一旁，慵懶自適的模樣。

有時候我會很羨慕張久岳。因為他永遠都知道該怎麼活下去。

我沒有回答，只是把頭轉回來，繼續抽我手中的那根菸。在抽菸的時候，我不想和任何人說話。因為對話本身就是生活的一部分，可是我厭倦生活。

——既然如此，我又為什麼還要活著呢？這個問題，常常在我一陣沉澱後又重新竄上腦海。

這種時候，我會吸下一口菸，用眼前瀰漫的白霧掩蓋那些正在蔓延的焦慮與自暴自棄的想法。

當我看見有人闖入巷內的瞬間，我的血液霎時凝結，菸味似乎還來不及蔓延到四肢，就硬生生地卡在我的鼻腔內。

「韓……宇森？」她望著我，愕然出聲。

我的鼻腔裡盈滿了焦慮的味道。之前也遇上這種狀況，但這次我卻覺得情況截然不同。我望著眼前的女孩，她面帶驚恐，眼神裡卻有一股不言而喻的氣勢。

透過她的眼眸，我彷彿能夠看見傷痕累累的她。然而她和我不一樣，她的眼神裡還帶著一絲能夠抵擋生活裡所有倦怠和困惑的傲氣。

也許就是這抹眼神，所以我篤定了她什麼都不會說出去。

因為我知道，她也是受了傷的人。她和我，是同一種人，卻擁有我所沒有的勇氣。

一想到這點，我就莫名地想要再多接近她一些……也許，她能告訴我，生存的意義究竟是什麼。

張久岳箝住她的手腕，怒道：「妳膽子很大。本想放妳一馬的，妳卻……」

我迎上張久岳的目光，不停搖頭，試圖阻止，「張久岳，你別刁難人家。」

接著，我望向那個女孩，在腦海中搜尋最不突兀的語句，最後說道：「她看起來不像是會把事情說出去的人。」

說出口的當下，我開始懊惱起自己為什麼只找到這種句子。

我相信她，是因為我看見她和我一樣害怕受傷的姿態，然而我現在說出這種句子，竟顯得有些膚淺幼稚。會不會她聽見這句幼稚的答覆以後，就將我歸類在與她不同的世界，不肯接納我呢？

「韓宇森，你有病嗎？」張久岳冷聲問我，「她都認出你了！你不怕你爸知道嗎？到時候你是不是又嚷著要去死？」

我苦笑，「……我還以為自己已經跟死差不多了呢。」

然後，我看見那個女孩瞪大雙眼，似乎能理解我說的話。這一刻我感到前所未有的驚喜。

張久岳雖然是最接近我真面目的人，但總有些時候，他不能馬上明白我的顧慮與決定。所以，我才亟欲尋找一個能夠完全接納我、了解我……甚至是與我最相像的人。

現在，那個女孩就站在這裡。

「嘿，同學，」我站起身，手指不受控制地顫抖，我知道那是近鄉情怯，我忍住話裡的激動，問道：「妳叫什麼名字？」

我看向她的制服右上角。二年一班，江巧嘉。

不夠，還不夠。這些證據還不足以證明她是我想要尋找的人——

所以，我刻意這麼說：「抱歉，讓妳撞見不好的事情。身為學務主任的孩子，我做了不好的示範，真的對妳感到很抱歉。」

然後，我對她露出平時面對所有人的偽裝。

十幾年來的偽裝，我相信自己已經爐火純青，能夠騙過所有人——

「……你到底想說些什麼？」江巧嘉的臉色脹紅，眼裡充滿怒火，「即使你不打官腔，我也不會把這件事說出去。」

「你不必這樣對我說一些冠冕堂皇的漂亮話，或是露出那種制式化的笑容——別忘了，說與不說，嘴巴長在我臉上，選擇權是在我手上的。你只想靠這種漂亮話保住祕密，我只覺得你很沒誠意，敷衍透頂。這完全不是求人的好方法。」

我一直篤定自己能夠騙過所有人，沒人能看出我的勉強和遷就。除非是，真正與我身處同一個世界的人……

就在這一刻，我確信了。江巧嘉，就是我想要找的那個人。她擁有我所沒有的傲氣，卻擁有與我相同的傷痛。

我開始期待，她能夠告訴我，生存的意義究竟是什麼……

***

雖然我已篤信江巧嘉與我是同樣的人，我卻不知道該如何和她相處，所以我和她說話的時候，總是帶著一絲平時的恭敬有禮。也許這是因為，我從來沒有向誰嶄露真面目。

即使是張久岳，他也僅僅是傾聽我的訴苦、看著我自暴自棄的模樣。

我的真正面目，是連我自己都不曉得的。突然要我在江巧嘉面前坦誠以對，不是我不願意，而是我很難做到。

所以，當我們翹課後走在藝能科大樓底下的時候，我忍不住低聲向她道歉，「巧嘉，抱歉。」

我知道自己不該道歉的。

我也很清楚，我和江巧嘉之間應該要是彼此扶持的關係，不計任何犧牲。

可是，過去我從沒有體驗過這種擁有同伴、生活也跟著踏實起來的感受，所以我完全不知道該怎麼與對我來說如此重要的江巧嘉對話。

對話是生活的一部分，我曾經厭倦過生活，所以我總是學不會對話。

我擅長的，似乎只有那天朝會上打得行雲流水的官腔。

「我不擔心會被懲處，也不需要你替我說話。我們該在意的，還有很多其他更重要的事，被懲處、被老師罵又算什麼？一點也不重要。」

聽了江巧嘉的話，我的心中不自覺漾開一股暖意。

「妳說得沒錯。」我應該要更努力試著將心中的真心話說出口……才不會總是把江巧嘉，推往我無法觸及的方向。

「……雖然我感覺得出來，妳和我很相像，但是我還是會不安。我會害怕，倘若自己不重視的那些事，對巧嘉妳來說反而是重要的，那我會不會不小心傷害到妳？……我有自信說妳是我的同伴，卻沒自信自己想去闖的世界，妳都能全盤接受。」

我一字一句，說得小心翼翼，深怕用錯一個措辭，就會讓江巧嘉感到困擾。

——正因為把江巧嘉視作最重要的人、最理解我的人，所以我才總是無法安心。

我會害怕，自己有一天會與她驟然分離。正因為這份顧慮，所以我才總是對她擁有諸多擔憂。

後來我才明白，會這樣惴惴不安地想要迎合對方，不只是因為我們是同伴……

在引擎蓋上翻滾一圈，墜落地板的剎那，我眼前的整個世界都在旋轉——烙印在眼底的最後畫面，是江巧嘉哭著朝我跑來的模樣。

在意識到自己可能會失去她的同時，我才發現，原來我愛上江巧嘉了。

相處時，總想要迎合她的每一句話，即使我知道她不願我顧慮東顧慮西，我卻還是不自主擔心她……原來，這全都是因為我喜歡她。

我躺在病床上，望著江巧嘉發白的面孔。我知道，她很擔心我，也被嚇壞了。這是不是代表，她對我除了同伴以外的感情，也有一點點的喜歡呢？

我知道，自己一直在墜落。雖然江巧嘉的出現，成了我的救贖，但那就像一根細線，隨時會綳斷，無法支撐我的整個未來。所以我一直都很清楚，自己終究會有離開的一天。因此，有些話不說，以後就沒有機會說了……

「一直到現在，我才相信自己不是在作夢。我是真的沒死。」我感慨地說道。

「這段日子，我真的很痛苦。」我說。

「……我比以前更消極了，隨時都在質問自己，為什麼應該活著，活著真的比死了還好嗎？直到被車撞了，我意識雖然清醒，卻深深感覺到自己正在以非常快的速度接近死亡。那時，我才赫然驚覺，自己哪怕不明白生存的意義，卻仍不想死。經歷這場車禍，我也發現了……」

若是帶著那句未能說出口的告白就這麼離去，那我一定會感到遺憾。想到這裡，我突然明白這段日子以來，支撐著我的力量是什麼——

那就是，我喜歡江巧嘉這件事。因為喜歡江巧嘉，所以不敢看見她傷心的模樣。

我明白我的離去，江巧嘉會為我哭泣，所以我才一直這麼死撐著走到現在，哪怕感覺自己隨時會崩解，我依舊努力地撐到了現在……

「——巧嘉，妳就是我活下來的意義。」

然而，原來江巧嘉從來不是這麼看我的。她比我偽裝的功力，還要高深太多太多……或許她從一開始就在撒謊。

「他跟我說，他喜歡我。我一直覺得，自己跟他的關係，是超越小情小愛的、更為高尚的感情——可是，原來這只是我一廂情願的想法。我和他根本不是同一個世界的人，你懂嗎？」

聽見這句話，我的世界像是一瞬之間猛然崩解。

「我和他根本不是同一個世界的人」這句話，不斷在我耳畔縈繞著……

原來，江巧嘉已經將我從她的世界裡撇除了，是嗎？

所以，那些「因為是同伴，所以什麼都別顧慮我」的話語，全是謊話，是嗎？

「我又不喜歡他，接受他的告白難道就不是種傷害嗎？」

「你可不可以不要再說這種話了？就跟你說了，我和你們是不同世界的人！拘泥於這種小情小愛的你們，根本不懂我在想什麼！誰說人一定要喜歡誰？我就是不爽愛情這種東西——你們這樣，我真的很困擾！」

聽見那句「我和你們是不同世界的人」，我竟然笑了出來。

原來，我始終不明白江巧嘉在想什麼。我以為自己了解她的所有。直到此刻才明白，原來我根本不懂她。

我始終沒有踏足她的世界。我的世界，在這一刻，化作一片荒蕪。

「我知道，巧嘉。」我苦笑，說道。

「我都聽見了，我和妳不是同一個世界的人。」

「是我太自以為是了。」我垂下眼瞼，「單憑妳散發出的氣質，就斷定妳和我是同一種人。」

我頓了頓，感覺所有力氣正在從體內抽離。這些日子以來我拚命地死撐，所有疲倦和痛苦在這一刻席捲上來。

「因為我的自以為是，這陣子害妳陪著我受苦，又是翹課又是被記過，妳被逼著要全盤接受我的痛苦……真的很抱歉……」

我此刻費盡畢生的力氣，為我原本坦誠相對的一切，再次塗上層層偽裝。

是最後一次了。我這麼告訴自己。

就這最後一次，讓自己在江巧嘉的心裡，留下一點點美好的虛幻……

「巧嘉，妳太不懂得拒絕別人了。平常，當我問妳的意願時，妳總是要我不要顧慮妳。現在，我才知道，妳是真的因為我而感到困擾。我沒有察覺這一點，真的很抱歉。」

真的是最後一次了。撐著。還不可以崩解。

「我沒有那個意思……韓宇森——你不要這樣好不好？」

江巧嘉哭著抓住我的手。

「別因為不想打擊我就跟我撒謊呀，巧嘉。」我吃力地撐起笑容，「我以後也不會再困擾妳了……」

感覺到她手指的冰涼，我意識到自己還在這個世上。

光是還活著這件事，就讓我感到萬分厭惡。失去意義的生活，我要怎麼喜歡呢？

我喜歡的從來不是生活，我會活著，只是因為生活裡有江巧嘉。只是這麼簡單而已。

可是，江巧嘉原來從來就不願成為我生存的意義。失去意義的生活，我要怎麼過下去呢？

我告訴自己，再撐一下下就好。

再一下下，我就能解脫了。

我一定要在最後，留給江巧嘉一個美好的虛幻……我不願她日後回想起我的時候，眼裡盡是嘲笑，嘲笑著我的一廂情願。

「這段日子，真的很謝謝妳，如果沒有妳，我不會到現在還站在這裡——」

我深吸了一口氣，吐出最後一句話——

「巧嘉，我們就到此為止吧。」

站在醫院的頂樓上，我迎著風，瞇眼望著這個世界。

我和張久岳撒謊了。我告訴他自己沒有想死了，可是我此刻卻站在這裡。

不。其實我並沒有撒謊……我從來沒有想死。我想要的，一直都是活下來。

——死亡，又何嘗不是另一種生存呢？曾經，人世間的幸福，是江巧嘉的陪伴。現在沒有了江巧嘉，生活也已平淡無奇。

——這樣殘破不堪的人生，我想要重來一次。

我會重生。下輩子，我要做一個無知快樂的人，從來不會質疑生活的意義，也從來不會被生活的虛幻迷惑雙眼。

希望我的下輩子裡，也有江巧嘉。

而這次，我們不再一起悲傷，而是一起幸福地微笑著……

番外二：

沒有你的明天

「大家好，我是二年六班的韓宇森。」聽見韓宇森透過麥克風傳出來的聲音，站在頂樓聽著，竟好似渺遠無邊。

我瞇起眼睛，緩緩走向前，右手甩動自己手上的亮紅色外套，左手則隨興地靠在欄杆上，靜靜聽著韓宇森說話。

韓宇森話說到一半，突然一頓。而我從頂樓能清楚看見，他的目光越過所有學生，定在韓父身上的模樣。

看到這裡，我的心忍不住一揪。我知道的，韓宇森很難過。可是我什麼都不能為他做，而且也沒有資格。

所以，我教他抽菸、教他翹課，也教他踰越學校的所有規矩——我知道這種微弱的抵抗根本不算什麼，但我還是想給韓宇森一點希望。

裝作嘗試就能獲得新生，讓韓宇森多一點點活下去的勇氣。

哪怕只是一點點，只要還待在這個世上，那就都還有希望。只要還活著，就什麼都有可能發生。唯有拋棄過去面對明天，才能活得自在，而非侷限在悲傷的世界裡。

打從我國一那年愛上韓宇森開始，我就認清了自己的身分。我愛他，不是因為「想要愛他」，所以我從來就不曾貪求過什麼。

我只希望自己能待在他的身邊，陪他走過人生一次又一次的低潮，在他快要瀕臨崩解的時刻，告訴他該怎麼繼續活下去。

可是，我一直以來站在韓宇森身邊的那個空位，被江巧嘉的出現給取代了。

我愣愣地站在遠處，看見江巧嘉與韓宇森並肩而坐，靠在牆上有說有笑的畫面。那一霎我的心臟像是被突然刺了一刀。

我知道的，其實我想要的，遠不止於陪伴而已。我想要的是「唯一」，我想要當韓宇森身邊的唯一、想要當他活下去的唯一動力……

我感到愧疚，當韓宇森正在痛苦時，我竟然只考慮著自己的小情小愛；我感到害怕，若韓宇森知道了我對他的情感，他會不會也離我遠去呢？

就像我國小那時，唯一的好友離我遠去、甚至帶著憤恨的目光那般。想到這裡，心中那股疼痛就蔓延得更深，而我對韓宇森的心意，也就藏得越深。

卻沒想過，江巧嘉能夠一眼看穿我對韓宇森的情感。

「你喜歡韓宇森吧？」聽見這句話，我倏然一震，心底深藏的惶恐在此刻捲了上來——我害怕江巧嘉告訴韓宇森，也害怕江巧嘉就像以前國小的同學那樣，對我投以嘲笑與鄙視的目光。

又聽見她補充說道：「不只是朋友的那種喜歡，而是更隱晦、更深刻的那種。」

看著她眼裡散開淡淡笑意，我不由得一愣，接著感到一陣彆扭，脫口而出：「我、我才沒有！我聽不懂妳在說什麼！」

其實，我只是不願承認而已。我對江巧嘉很反感，但在剛才那一瞬，我竟然覺得感激——這是第一次，有人不是質問我喜不喜歡男孩子，而是問我喜不喜歡韓宇森。

我不願意承認自己感謝她將我的感情歸類在與其他人無異的愛情之中，所以我亟欲否認她所說的每一句話。然而，她卻戳破了我的謊言。

「你放心吧，我和韓宇森……只是同病相憐，所以惺惺相惜而已。我知道你是因為我跟韓宇森走得太近，所以很討厭我，但我以後依舊會繼續走在他身邊，因為我們本就該在一起。我不希望你因此誤會什麼，所以提早跟你講清楚。」

我本來想繼續否認，卻在聽見她所說的「本就該在一起」這一句話後竄起一陣怒火。

江巧嘉憑什麼這麼說？一直以來待在韓宇森身邊的人，是我，她憑什麼一夕之間就這麼自以為是？

「『本就該在一起』是什麼意思？」我瞇起眼睛，問道。

她根本走不進韓宇森的內心。因為她根本不了解韓宇森的世界。

然而，我卻聽見她這麼說——「我和韓宇森是同一種人，物以類聚，所以本來就應該聚在一起。」

我一愣，「韓宇森什麼都跟妳說了？」

看著江巧嘉臉上漾著的自信光彩，我驀然覺得心中有一處變得黯淡。

我知道，她的自信絕不是沒有根據。既然她能篤定地說出這句話，代表韓宇森一定告訴她了什麼。包括潛藏在他內心、一直以來都只有我知曉的祕密。

「總之，我不可能會對韓宇森產生同伴以外的情感，我不喜歡戀愛這件事，甚至可以說是恨到骨子裡。所以，你不必對我吃醋或忌妒，我是你最不需要擔心的人。」

即使她那麼說，她又能確定韓宇森不會喜歡上她嗎？韓宇森除了我之外，從來沒有對誰敞開心房。但現在，他卻和一個見面不到幾次的女孩傾訴所有——江巧嘉是女孩子。她與韓宇森互相喜歡的機率，天生就比我高得太多太多……也是多數人眼裡的「正常」。

如此「正常」的發展，她要我怎麼不擔心？此刻我也顧不了什麼顏面，咬牙切齒地質問她：「什麼都不需要擔心？」我拉高了音調，突然覺得荒唐得想笑。

「妳才跟韓宇森認識幾天，他就什麼都告訴妳了……妳知道我花了多久，才走入他的內心嗎？妳要我怎麼不害怕？」說到這裡，我的眼眶一熱，心臟像是一點一點地被撐開，裂出一道道細痕。

「我不知道怎樣你才會相信我。」她望著我，無奈地說著，「但總之，我不會因為顧慮你的感受就跟韓宇森保持距離。你最好自己調適好心態，不然我也不知道你該怎麼辦才好。」

江巧嘉，真的是個很大膽的人。想到這裡，我的怒火像被澆熄，心裡的裂痕卻始終沒有癒合。

或許，如此大膽的她，才是能解救韓宇森的人——想到這裡，我整個人都頹喪了下來。

或許我會難過也會不甘，但無論江巧嘉喜不喜歡韓宇森，在這一刻我只希望，她是能夠拯救韓宇森的人。

至於我心中潛藏的那些寂寞與不安，全都由我自己消化就好。

韓宇森要煩惱的事情已經太多，我不希望直到最後，我還是個累贅一般的存在。

＊＊＊

後來，我隱約能感覺到自己和江巧嘉的關係正在慢慢改善。與其說是我們對彼此服了軟，不如說是彼此都在為了韓宇森而努力著。

這樣用心為了韓宇森付出的江巧嘉，真的不是因為愛他嗎？她看他的眼神、與他的每句對話，都顯得那麼溫柔，毫無與我相處時的戾氣。這樣的她，真的不是愛他嗎？

「雖然妳說，妳很討厭愛情這種東西，不想談戀愛，可是……」我直直望著她，心裡五味雜陳。

「可是什麼？」

「妳看著韓宇森的時候，那種眼神，說不是『喜歡』，根本是騙人的吧？」我垂下頭，緩緩說道：

「我不是討厭妳，只是……忌妒。」我頓了頓，「因為韓宇森……看起來也很喜歡妳。」

「你別開玩笑了！」江巧嘉忽然對我大吼一聲，我抬起頭愣然地看著她。

「你懂什麼？不懂就別亂講話！」她不斷重複地吼著：「不要開玩笑了！根本不可能！」

「發生什麼事了？」韓宇森聽見她的怒吼，驚愕地朝著我們走來。

我呆滯地盯著他，如實回答：「……我也不知道發生什麼事了。」

韓宇森皺著眉，柔聲問道：「巧嘉，妳怎麼了？」他一邊問，一邊伸手要去拉她。

看見這一幕的我，感覺心中一股刺痛。卻見江巧嘉立刻甩開了他的手，「什麼事都沒有！」

看見江巧嘉莽撞的行為，我的心痛頓時轉為怒火——她憑什麼這樣濫用韓宇森對她的喜歡？她以為自己是誰、憑什麼這樣傷害韓宇森？

我正要對江巧嘉破口大罵，卻聽見韓宇森這麼問道：「張久岳，你對她說了什麼嗎？」他的聲音很冷很冷。

我驀然一震，不敢置信地望著他責怪的眼神，「哈！你覺得我欺負她？」

「什麼事都沒有……」江巧嘉無力的聲音傳來，我卻是更生氣了——她憑什麼這樣？

「江巧嘉，妳自己看，我跟韓宇森認識幾年了，少說也有十年！發生事情，他卻第一個關心妳、反過來懷疑我——這不是愛妳是什麼！」我再也按捺不住怒火，急急地向她吼道，像是要把這一陣子累積的所有痛楚都轉為怒火拋向江巧嘉。

她瞪著我，「你閉嘴！我才不要聽你胡言亂語！你這個瘋子！」

像是氣極了，我突然感到一陣絕望，眼淚驀然奪眶而出。

我蹲下身，摀著自己的臉。直到自己說出口的那一霎，我才真正接受了事實。

韓宇森是真的喜歡江巧嘉。而江巧嘉也是。

我開始後悔自己為什麼要說出口。也許我不說出來的話，江巧嘉永遠也不會發現自己對韓宇森的情感——現在，也許她會因為我的話而發現自己喜歡韓宇森。我是傻了嗎？為什麼要這麼做呢？

「張久岳，你怎麼了？喂，幹嘛哭啊……」韓宇森的聲音軟了下來。

「對不起，我太激動了……」同時我聽見江巧嘉這麼說道。

我噙著眼淚抬起頭，就這樣看著江巧嘉與韓宇森並肩站在我面前。

這一刻，哪怕我再心痛也該明白，韓宇森不會屬於我。而拯救他的那個人，也不會再是我了……所以，我不再去想自己喜歡韓宇森的事情。這次真的，只要他能活著，我就什麼都不在乎了。

慢慢地，我開始希望江巧嘉能夠發覺自己的情感。或許只要她與韓宇森兩情相悅，韓宇森就能找回生存的意義……

校慶那天，韓宇森出了車禍。

接到這個消息的我，跟著韓父趕往醫院。我無暇去看身邊的韓父有多麼冷靜，我一心只想著要趕緊見到韓宇森。

當我看見江巧嘉時，我倏然停下了腳步，忍不住發火，「韓宇森呢！」卻見江巧嘉的面色發白、雙眼空洞，整個人像被抽去了靈魂，「做檢查。」

我從沒想過，江巧嘉也會有這麼一天。她一直都像凌駕於所有人之上，眼裡始終都有一絲傲氣，像是從不肯向任何人示弱，哪怕是哭著，也讓人感到她骨子裡有著一股堅定的叛逆。

然而此刻的她，卻完全顛覆了我的認知。我的怒火頓時消退，只能靜靜地望著她，心裡一股刺痛。她和我一樣，都愛著韓宇森、也渴望能夠拯救韓宇森。而江巧嘉和我的唯一差別就在於——她能，而我不能。

她一看見韓父，蒼白的面孔上立刻浮現憤怒的緋紅，她驀然站起身，指著他的鼻子，「你為什麼看起來這麼冷靜？為什麼……為什麼……」她激動得無以復加，用手摀住了嘴巴，又很快地放開，「你為什麼看起來可以這麼無關緊要！怎麼可以！」

江巧嘉的聲音已經近乎歇斯底里，我也聽不清她究竟在說什麼，心臟隨著她的憤怒而起伏不定，我趕緊走到她身邊。

與此同時，她竟然舉起手，作勢要打韓宇森的父親——我一驚，趕緊抓住她的手腕。

「你為什麼阻止我！你明明也覺得很過分的，不是嗎？」江巧嘉對我吼道。

而我卻只能說出這麼一句：「……妳冷靜點。」

江巧嘉的氣勢頓時被熄滅一般，目光悲傷地望著我。我望著她的這抹眼神，心裡頓時有一股莫名的酸楚漫開。

她打了韓宇森的父親，又能如何呢？一旦打了那巴掌，豈不是宣告我們認輸了嗎……不行，韓宇森還沒有被打倒，所以我們不可以先認輸。

韓宇森的身後，一直都有我和江巧嘉。而江巧嘉是那麼愛他，他不會被打倒的。

「巧嘉，韓宇森不會希望妳這樣做的。」我說。這是我第一次叫她「巧嘉」。這句話，是安慰也是哀求。安慰她不要一蹶不振、哀求她拯救韓宇森。

我知道她一定能拯救韓宇森的……而她是我，唯一認定的人選。

只有她能夠拯救韓宇森了。

我的眼眶發熱，我擁住了江巧嘉。低頭靠在江巧嘉的肩上，我的眼淚也隨之滑落。

——她的懷抱是這麼的小，卻彷彿能容納我的所有淚水。

終於，韓宇森做完了檢查，確定沒有大礙。我走入韓宇森的病房，對著他露出微笑。

「久岳，能不能幫我叫江巧嘉進來？」

我的心臟因為這句話而一頓。我垂下眼瞼，露出苦笑，很快地點頭。

看著韓宇森的神情，我明白的。韓宇森要向江巧嘉告白了，我都知道的。明明想著要成全，心臟卻還是在這一刻酸澀不已……我沉痛地閉上雙眸，才下定決心轉過身，走出病房。

就這樣吧。有了江巧嘉，韓宇森一定能克服一切的。

她是那麼特別的女孩，一定能帶著韓宇森，找到生存的意義。

＊＊＊

我知道韓宇森總有一天會離我而去的——卻沒有想過，韓宇森會就這樣離開我們。天人永隔。

我雙眼空洞地坐在喪禮會場裡，再被人拉向前方，跟著大家一起跪下。我始終無法明白，韓宇森怎麼就這樣離開我了呢？

好多畫面湧上腦海——父親喪禮的那天，我也是這麼跪著的。

為什麼我愛的人，總會離我遠去呢？明明我是那麼愛他們。我一滴眼淚也流不出來。

我閉上自己的雙眼，耳邊彷彿聽不見任何聲音。想哭的衝動正在膨脹，我卻始終沒有流出眼淚。所有眼淚正在匯聚，全數湧入心臟。鹽分滲入我心口的那些無數細痕，使我痛得都沒了知覺。

韓宇森就這樣離開我了。我的人生也像在這一刻，失去了意義。

韓宇森曾這麼問過我：「你怎麼永遠都知道要怎麼活下去呢？」

因為我堅信，每個明天都是新的一天。或許不會更好，甚至可能更壞，但至少是新的一天……當時的我不曉得，沒有他的明天，有多麼難熬。

不過我始終沒有踏上與他相同的道路，也不願如此。或許我不像他說的，永遠都知道要怎麼活下去；但至少我永遠都知道「應該」要活下去。

沒有理由，只是覺得應該要這麼做。也許在某些層面而言，我跟江巧嘉是有點像的吧。我們都在少年時代，為了微不足道的理由而固執著、叛逆著。

＊＊＊

四年來，我時常夢見韓宇森。在夢裡，他一句話都不會說，就只是抽著菸。

看著他的面容被煙霧繚繞著，我總是一股心慌，每次驚醒的剎那總是在努力回想他的面容，確定自己還記得才能安下心來。

直到某一天，我看著手機裡的照片，卻突然覺得他的臉好陌生好陌生。那是一股熟悉到極致的陌生感，就像盯著一個字久了反而認不出是什麼字。我開始回想不起韓宇森的清晰面容。

我感到一股心慌，找到了江巧嘉。我原本只是想見她一面的，卻在她對我視而不見的剎那，意識到她也很想念很想念韓宇森……

所以，我決定跟她在一起。就像她當年與韓宇森走在一起那樣，兩個太寂寞的人很自然地聚在一起。何況，我跟她都擁有未能填補的缺憾。

然而，隨著跟她相處的時間多了起來，我的夢境開始沒了韓宇森的身影——我總是重複做著同幾個夢，是她將菸盒扔回給我、在巷內大膽地直視我的雙眼、是我在醫院裡緊緊擁抱她……漸漸地，她的身影取代了韓宇森的所有回憶。

我們挽著彼此的手走在路上，我敞開心胸，向她傾訴了許多我未曾向他人言說的祕密。就像韓宇森當年對她傾訴所有。

我想，我終能明白韓宇森為什麼能那麼快向江巧嘉敞開心房——因為，江巧嘉是個非常特別的女孩。

這一刻我才意識到，自己跟她之間也有很多很多回憶，不單純只是悲傷和遺憾而已。

那，我們為什麼總是要將時間浪費在思念和痛苦上呢？

所以，我對江巧嘉這麼說——「巧嘉，或許……我能喜歡上妳。」然後，我吻了她。

江巧嘉或許不曉得，在說出這句話的當下，我已經喜歡上她了。因為我很清楚——愛上她，其實是世界上最簡單的事。

看著四年前為了威脅江巧嘉而拍下的那張照片，我心裡想著，也許遠在四年前，我就已經愛上她了也說不定。

要擺脫過去，很難。但如果是江巧嘉，我願意與她一起學著遺忘。

然而我卻沒有想過，原來我跟江巧嘉始終不是同一個世界的人。她最後選擇揣著那些傷口將自己困在回憶裡，與傷痛共生共存。

我會成全的。因為我一直都曉得，她有多麼固執。

江巧嘉會和我在一起，是為了緬懷宇森。這樣的相遇是錯誤的。就像她說的，我不是她所該遇見的人。

所以，我決定忘掉過去的一切，包括江巧嘉，開始我真正的嶄新人生——從此，我是張久岳，就只是張久岳。

而我相信，自己一定能夠遇見一個人。不因為我是誰的誰，而只是單純地愛著張久岳這個人。悲傷的過去，就讓它真正成為過去吧。

畢竟，明天又是新的一天。也許沒了誰會感到難熬——但，至少會是新的一天。

番外三：

遇見妳的那一刻

某天晚上，約莫七點鐘，我打開電視隨意地切換著頻道，突然間就看見熟悉的面孔——那是高鵬。

至於為何熟悉，那全得歸功於何青琳，她和我同個公司、同個部門，辦公桌就在我的對面。

我喜歡她。她知道，但一直裝作不知情。

她的辦公桌貼滿了高鵬的照片和剪報，似乎非常癡迷他，所以每次只要在網路上看見了和高鵬有關的消息，我總會忍不住多看個幾眼，想知道青琳迷戀的那位男星，究竟是什麼樣的一個人？然而，此時的我一直以為她只是個普通的追星族而已。

直到有一次，部門解決了一個大案，大家決定一起在KTV包廂慶祝。那晚，青琳明顯喝茫了，挨在包廂的角落，就這樣呆呆地望著其他人跳舞、唱歌。

我心一動，邁開腳步，緩緩走向她。整個包廂裡都是鼓譟的聲音，大家情緒高漲，根本沒人察覺我離席了。

「青琳，妳喝醉了？」我雙手撫在膝蓋上，低頭望著她，溫聲問道。

何青琳沒有說話，卻突然抬起頭，對我露出一個稚氣的笑容，還一邊歪著腦袋，傻傻地盯著我。我嘆了口氣，看來她是真的醉了。

我慢慢蹲下身，「我送妳回家吧。」我一邊說，一邊想把她拉起來，胳膊卻突然被她一把往下拉——我直接跌坐在地上，沒想到她即使喝醉了還這麼有力氣，我愣愣地望著她。

她笑容可掬，眼裡卻閃過一絲惆悵，「……楚念軒，你喜歡我，對吧？」她的聲音有些飄搖，在歡聲雷動的包廂裡竟顯得有些扭曲。

我抿抿唇，過了半晌才答道：「我的確對妳有好感。」我以為她是想要當面拒絕我了，因此開始對她解釋：「我知道妳結過婚，也有一個孩子，或許對愛情的擔憂變得很多，但我始終沒有貪圖什麼，也沒有想要和妳交往，只是懷著這份感情罷了，所以妳也不必特別拒絕我。」

卻沒想到，青琳聽見我的話，笑得更深了，「不，我不是因為這樣……才不接受你。」她的話含糊不清。我靜靜地看著她，等待她繼續說下去。

「是因為我心裡有人了──高鵬，你知道吧？現在很紅的那個男星。」

我愣然，「什麼意思？」

「我們兩情相悅哦。」何青琳舉起右手食指，笑嘻嘻地說著，「不過是在祕密交往啦！你不能告訴別人哦。」

我整個人腦子一片空白，一時之間竟想不到話來回應她。

「你應該相信我吧？」何青琳打了個酒嗝，雙頰紅潤地望著我。

我不懂她為什麼要問這句話。如果是事實，她又何必怕我不相信呢？

我沒有回答，只是說道：「好的，我不會告訴別人。」

何青琳揚起一抹極為燦爛的笑容。這是我第一次看她這麼對我笑。

本來我是真的相信她的，畢竟明星和圈外人談戀愛，低調隱密，這很正常。然而，在那之後又經過了一兩年，我不禁對此感到懷疑。

青琳她和我幾乎都是在同一個時間上下班，我們常常在停車場遇見，但我每次看見她，她都是自己一個人開車，身邊沒有任何男人；不只如此，我們假日也常常一起待在公司加班，她卻從來不曾請假，似乎並沒有任何約會──即使是祕密戀愛，高鵬也應該會偶爾接送女朋友下班、或是出門約會吧？但我並沒有多加探問。

而我對青琳的愛，兩年來一直都沒有變過。我不知道自己喜歡她什麼，但我始終篤信張愛玲寫的那篇散文——愛全憑機緣，恰巧在無窮的時間裡、茫茫的人海裡，就這麼遇見了彼此。

但即使我愛她，我也很清楚，我愛得不深，甚至隨時可以俐落地抽身離去。

然後，一切都在那個夜晚改變了。

高鵬在節目上高調宣布了自己和一位女星熱戀的消息。

我看見這則消息的時候，已經是隔天早上。我收拾好東西後，立刻跑到公司。

一進公司，我就見到了青琳。她待在自己的位子上，用手撐著下巴，目光呆滯地盯著電腦螢幕。

我緩緩踱到她身旁，而她卻渾然不覺。看見她電腦畫面停在高鵬宣布戀情的新聞標題上，我的心輕輕一揪，像襯衫突然隆起一絲皺褶。

「青琳，妳還好嗎？」我問。

「……念軒。」

我渾身一震。這是認識兩年來，她第一次叫我念軒，顯得那麼熱絡、那麼親密……這一刻，我竟然有點茫然，甚至還有一絲抗拒。

「嗯，是我。怎麼了？」我問。

「我們……」青琳轉過頭來，靜靜地凝視著我，眼裡波光不再，漆黑得一點光亮也沒有——她嬌紅的唇瓣輕輕一掀：「我們一起生活，好不好？」

這一瞬，我盯著她，再也說不出話來……我甚至連一句「為什麼」都問不出口。

過了許多年以後，我再回想起這一刻，總會有些感慨。也許當時我會說不出話來，全是因為緣分。

緣分刻意讓我和江巧嘉相遇、讓我在這一刻忘了該怎麼拒絕。就像在千萬人中、在千萬年無涯的時間裡，命運終於讓我趕上了我該遇見的那個人。

＊＊＊

隔天一早，我坐在青琳的車子裡，看著窗外陌生的景色。我輕輕轉過頭，望向青琳的側顏，她一邊控制著方向盤，一雙漆黑的眼眸直盯著前方路況。

我的心像是突然沉到了胸口最底部，沉甸甸地壓住了所有情緒。

抵達青琳家後，她先拿出鑰匙開了門，走進去。

我也跟著踏入，將鞋子脫下後整齊地擺好。一抬頭，我就立刻看見了那個女孩。那個女孩長得很秀氣，一頭蓬鬆微亂的長髮，一雙澄澈的眼眸微微瞇起，像是才剛睡醒。

她手裡拿著一罐可樂，嘴唇還覆在杯緣，一雙眼睛正朝我看過來。

我迎上她的目光的同時，有一瞬愣然。

她的目光很灼人，像是腳踩在豔陽底下的沙灘上，忽地一燙，讓人下意識地就縮起腳。

她是江巧嘉，何青琳的獨生女，目前就讀附近的高中。這些事情，我全都知道。然而，我不知道的是，一個高中女孩，為什麼會有那樣灼人的眼神？

「巧嘉，妳起床啦？」青琳一邊脫掉高跟鞋，一邊柔聲說道，「這是楚念軒。我的同事。」

我向她輕輕頷首。

「嗨。」江巧嘉嘴唇從杯緣挪開，若有似無地應了這麼一句，然後又喝了一口可樂。

「妳那什麼態度？不可以這樣對客人。」青琳責備著，卻見江巧嘉毫無反應，只是抿抿唇，不發一語。

看來，她們母女間的關係似乎很差。

「我先去趟廁所。巧嘉，妳好好招待一下念軒。」青琳丟下這麼一句話，便先進了屋內，還轉頭對我比了個手勢，示意我趕緊進屋。

我走進客廳後，稍微打量了一下，果然貼滿了高鵬的照片。

「坐這吧。」江巧嘉幾乎是瞪著我，重重地拍了幾下沙發。我並沒有生氣，只是盯著她看了半晌，接著照她的話走過去，坐下。

「喝什麼？水還是果汁？」江巧嘉漫不經心地問著。

「……都可以。」我答，同時對眼前這個女孩感到一絲好奇。

只聽她嘖了一聲，然後將手上的可樂放到桌上，推到我的面前，「那你喝掉它吧。」

我微微一愣，接著隱隱失笑。這個女孩……真是特別。

後來，青琳回來了，聊了幾句後，她指著我，開始向巧嘉介紹道：「這就是以後會和我們一起住的人。」

我一邊聽著，一邊觀察江巧嘉的反應，卻見她的眼神閃過許多複雜的情緒——有痛苦、有哀傷、有排斥，卻也有容忍。

「請多多指教了，江巧嘉。」我從沙發上站起身，伸出右手。

沒想到，她瞪著我的手半晌，突然脫口而出：「喂，這位先生，你知道我媽的病嗎？」她一邊說著，眼神輕輕飄向牆上那些照片。

我的心臟喀噔一聲，一時之間反應不過來。但只消幾秒，一個名字躍上腦海，我突然間什麼都懂了。

……高鵬？跟高鵬有關的病。

「巧嘉！」青琳的聲音顫抖而扭曲，「……妳怎麼就一直說自己媽媽有病呢？我以為、我以為妳已經相信媽媽了——」她憤怒地拉長了尾音，接著說道：「好，妳可以不相信我跟那個人的感情，那沒關係，可是妳說我有病，這可是在汙辱媽媽啊……」

江巧嘉垂下眼瞼，面色發白。

這一瞬，我相信了江巧嘉。

「嗯。」我出聲。哪怕我知道這近乎武斷且愚蠢，但我的直覺已經做出了選擇。

江巧嘉愕然地望著我，「你知道？」我沒有答話，只是輕輕地漾起笑意。

她似乎懂了，沒有再追問，卻突然笑了一聲，「哈，真是夠荒謬。」

最後，她逕自離開了客廳，消失在我的視線裡。

夜晚，我趴在青琳家的陽台上抽菸。

我還記得有一次，青琳對我說過高鵬有菸癮，後來我不知不覺就學會了抽菸。是想要迎合她的喜好嗎？其實我並不清楚。

而江巧嘉在這時走了進來，竟然一語道破了我的心思：「是因為媽媽才抽的嗎？」語氣有點譏諷、有點蒼涼。她的語氣自始至終就不像個孩子。

我向江巧嘉撒了謊：「對。」

「知道我母親有『情愛妄想症』，還愛她的原因是什麼？」她走到我身邊，輕聲問著。

然後我們開始有一搭沒一搭地聊著。

她說，她能讀懂我面對青琳時的眼神。她說，那是愛。

我差點就笑了，但仍在最後忍住了笑意。江巧嘉雖然能從眼神裡分辨出愛與不愛，但她卻無法從中判斷出愛的深淺。我想，她似乎高估了我對青琳的愛。

我把菸放到嘴邊，吸了幾口，接著一口氣徐徐地吐出白霧。

後來我問她，不好奇我為什麼搬進來嗎？

江巧嘉再次露出了嘲笑的神情，「因為你們口中的愛情啊。」她說到「愛情」二字時，加重了語氣，像是非常厭惡。這一刻，我才明白了她的戾氣從何而來。

從母親的不理解而來。從她長年的寂寞而來。

聊到最後，她向我翻了個白眼，對我說：「愛情真是讓人變得盲目的毒藥呀。」然後，她轉身，準備離去。

她轉過身的同時，我似乎看見她的眼睛裡閃著淚光。而我望著她纖瘦的背影隱沒在黑暗之中，竟好像看見她墜入萬丈深淵。

我從沒見過那麼孤獨的眼神。

很多年以後我總是會想，也許早在那一刻，我就已經決定要守護這個女孩了。

無論愛或不愛。也無論深愛與否。

後來，江巧嘉離開這個家了。

我知道，青琳對於女兒的離家其實感到非常痛苦，她總是向我哭訴，問我為什麼巧嘉永遠無法理解她的愛情？為什麼曾經那樣乖巧的江巧嘉總是要傷害她？

我很清楚，江巧嘉並沒有在傷害青琳。甚至，她一直都在守護青琳，以她那笨拙且青澀的方式。

明明江巧嘉和何青琳都很愛彼此、都值得擁有幸福和溫暖，她們卻總是用錯方式來維繫這段關係，有時候好不容易稍微靠近了一點，卻又再次推開了彼此——江巧嘉的無故翹課、青琳對她的失望……這些看似微不足道的小事，卻總是一再崩潰她們的世界。

身為一名局外人，我所能做的，似乎也只有陪伴而已。然後我赫然驚覺，自己的後半人生，似乎已然注定全部奉獻給了這對母女。

而且，我再也無法抽身了——起初，我以為那是我對何青琳的愛變深的緣故，所以我曾對巧嘉篤定地說過，我是因為愛青琳才這麼心甘情願地為她們付出。

但在後來我才慢慢意識到，我會無法主動離開她們，其實全是因為江巧嘉。

後來的後來，我見到了江巧嘉人生裡最重要的兩個男孩。

那天，是巧嘉學校的校慶。當時的青琳還在氣頭上，根本不願意看見巧嘉，所以我自己跑去找巧嘉，沒有告訴青琳。

臨走前，我站在遠處看著江巧嘉。

巧嘉似乎有些變化了。她的眼裡除了孤獨，還多了一絲光亮。我嘴角微彎，望著她依舊清秀的容顏，我突然感覺時間慢了下來。

所有人的腳步都放緩了，耳畔的蟬鳴也變得模糊難辨，唯有我胸口的那股暖意，始終沒有散去。

然而，就在我和巧嘉說完話、離開她的學校不久後，我從電台裡聽見了新聞。

巧嘉的學校有學生發生了車禍。

這一瞬間，我的腦袋是空白的，心臟彷彿涼了一半。我四肢末梢倏地變得冰涼，我立刻掉頭，直直地開向新聞裡所說的那家醫院，一邊拿起手機，將交通規則全都拋在腦後，直接撥了巧嘉的手機號碼。

江巧嘉，快接電話吧。我感覺眼前逐漸變得氤氳。

下一秒，電話被接起了。

「巧嘉！妳現在在哪裡？」我聽見自己的聲音在顫抖，「我才剛離開妳們學校就聽到消息了，妳沒事吧？嚇到了嗎？」儘管腦子一片混亂，我還是在最快的速度裡組織了言語，讓自己聽起來夠平靜。

「……我沒事。」她孱弱的聲音傳來，摻了許多我不曾感受過的情緒——苦澀、鬱悶、悲傷、憤怒……

明明只有三個字，卻飽含了如此深沉的情緒。這一刻，我的眼淚在眼眶裡打轉，然後倏然滑落。我的眼淚不停地下墜，但我聽見自己的語氣變得極為柔軟，我問了她好多問題，卻根本聽不清她的回答。

我的眼淚還在墜落。

就像我的心，直直墜入她所在的那個深淵。

到了醫院後，我一直在假裝。我在假裝溫柔，也在假裝平靜。

一個男孩從病房裡走了出來，面色蒼白地向巧嘉說道：「韓宇森他想見妳。」

直到此刻，我還在假裝，假裝自己毫不在意。

然而，直至看見江巧嘉在病房裡崩潰大哭的樣子，我再也無法假裝了。

江巧嘉跌坐在地，神情崩潰而扭曲，她的眼神裡盈滿了憤恨和孤獨，渾身都在顫抖。

「你不要說話！你不要跟我說話啊！你這叛徒，叛徒！」我看見江巧嘉歇斯底里地喊著。

「……為什麼又要讓我變成一個人？你為什麼要騙我——」江巧嘉對著韓宇森大吼，眼淚撲簌簌地流著。

我的眼淚，再次湧上眼眶。我蹲下身，奮力架住江巧嘉，江巧嘉不停抵抗，像是要將我的胳膊甩開——我的眼淚緩緩落下，我顫抖著開口：「巧嘉！是我！是我——妳看清楚！」

江巧嘉在我的懷中，身子突然癱軟下來。就像一朵花在我的懷中枯萎。

她噙著淚水，愣然地望著我，然後她的眼淚像潰堤一般地湧出來。她一把摟住我的脖子，在我耳邊肆意地宣洩著她的痛苦——她大哭、大吼、大叫……

「放心哭吧，巧嘉……別擔心，我就在這。」我的眼淚也跟著落下，我緊緊抱著她，手指順著她柔軟的髮絲。

這一天，我下定了決心。我要永遠守護江巧嘉。

韓宇森的離世、她在四年後與張久岳的重逢、她與過去痛苦的纏鬥……

她每一次的哭泣，我都願意為她擦乾眼淚，給她最溫暖的擁抱。

如果說江巧嘉是一朵花，那麼我就是在她身邊的爛泥，用渾身的力氣去守護她，哪怕犧牲自己也在所不惜。

「巧嘉，妳就是妳，不需要改變。平平凡凡的，這樣就很好。」

是啊，巧嘉。妳就是妳，那個既脆弱又倔強的妳。

讓我奉獻生命守護的那個妳。

對我來說，無論是愛情還是生活，總有許多茫然和遺憾。

我曾想過，如果能遇見一個能陪伴自己的人，這段路走完似乎也不怎麼孤單、那些遺憾似乎也不再是困擾。

我曾以為青琳就是我該遇見的那個人，卻在轉角處遇見了既脆弱又堅強的妳，並且深深地愛上了妳。

巧嘉，對不起，我來晚了。

妳可能迷惘過、可能流過很多眼淚、可能留下許多傷疤……甚至，也可能鑄下許多連妳自己都無法原諒的過錯。

但沒關係，妳只要知道，總有一天妳會遇見一個人。

他會像時光一樣，療癒妳生命裡的所有傷痕、撫平妳生命裡的所有皺褶。

巧嘉，我想成為那個人。從很久很久以前開始就這麼想了，也許是看到妳哭泣的那一瞬，也可能是我們最初相遇的那一刻。

所以，對不起，我來晚了。

巧嘉，我愛妳。

無論是哪一種愛，親情或愛情。也無論妳愛不愛我。

只要妳知道，在我身邊，妳永遠都不會再有哭泣的機會。

番外四：
非你不可的未來

陽光灑落窗櫺，楚念軒站在廚房裡，他穿了一件圍裙，底下是一件高領毛衣，這樣的打扮為冬日徒增了幾分暖意。

楚念軒的動作乾淨俐落，兩手各拿了一把刀，交替著在砧板上敲著，將高麗菜切得又碎又細。一旁的流理台上還放著一個鍋子，裡頭是豬絞肉和玉米，而另一邊的桌子上還有一大袋的水餃皮。

他停下手中動作，慢慢地把切碎的高麗菜全數丟入流理台上的那個鍋子裡。

至此，水餃的餡料都已經準備好了。他開始包水餃，將小小一片的水餃皮擱在手心上，然後用湯匙挖了一小勺餡料，放在水餃皮的正中央。接著，他食指沾了一點水，在水餃皮周圍沾濕了一圈，最後包起水餃，修長的手指在水餃皮上輕輕捏起一折又一折，既細膩又精緻。楚念軒重複了這些步驟，快速而流暢地包了一個個餡料飽滿的水餃。

不曉得持續了多久，直到鍋子內的餡料被挖光，他才感覺到自己脖子傳來一股酸麻的感覺——他維持了同個姿勢太久，連時間都過了幾個小時也渾然不覺。

他望向窗外，太陽已然西沉。

晚上五點，他坐在客廳裡，靜靜地看著電視裡的除夕夜特別節目。

晚上六點，他從沙發上站起身，走進廚房裡，開始煮剛才包好的水餃，然後放進電鍋裡保溫。

晚上七點，他兀自趴在陽台上，目光定在公寓樓下，總盼著那個女孩的身影出現。

晚上八點，楚念軒的眉頭輕輕擰起，他拿出手機正要撥號，卻突然地頓住了。

樓下終於出現了那個女孩的身影，楚念軒感覺心中沒來由地一暖。

江巧嘉的步伐很緩慢，不時抬起頭，和身旁的男人說話——他們倆身影在黑夜中被路燈拉得長長的，兩人的影子交疊映在柏油路上。

楚念軒微微一愣，看清了她身邊的男人是誰——是張久岳。

不知道從什麼時候開始，似乎是從青琳去世以後，張久岳就和江巧嘉成了朋友，常常和她一起出去吃飯。對此，楚念軒並無多想，因為他心中很清楚，巧嘉並不愛張久岳，張久岳也早已對巧嘉放手。他們現在，單純只是摯友而已。

但每一次，在陽台上看見他們倆重疊的身影，楚念軒總覺得心中仍會有一處空缺，悄然充滿了酸澀。

正逢除夕夜，附近的住戶大部分都已返鄉了，曾經嘈雜的都市變得格外寂靜。江巧嘉和張久岳在樓下的對話，也變得特別清晰。

「快上去吧，楚念軒在等妳呢。」張久岳向巧嘉說道，一邊抬了抬下巴，目光飄向陽台上的楚念軒。

楚念軒微微頷首，算是打了招呼。

巧嘉一愣，跟著抬起頭，一看見楚念軒，她便漾開一抹溫柔的笑，同時舉起了手，對楚念軒喊道：「我回來了。」

楚念軒勾了勾唇，不疾不徐地對著他們倆說道：「久岳，我包了很多水餃，如果不嫌棄的話，也上來嘗嘗吧。」他的聲音很沉穩，音量雖不大，卻能清楚地傳入張久岳與江巧嘉耳中。

江巧嘉聽了，也跟著說道：「噢，念軒包的水餃很好吃喔。」她笑了笑，「今天是除夕夜，我和念軒兩個人吃年夜飯，怪可憐的，你也一起來吧！」

她知道，張久岳沒有家人能夠團圓，所以此時也希望張久岳能跟他們一起吃年夜飯。

張久岳一陣愣然，看向陽台上的楚念軒，又瞥了一眼江巧嘉。確認他們是真心想邀請他後，他也不再客套，笑了笑，「哦，好啊。那就恭敬不如從命了。」

坐在餐桌上，楚念軒把水餃從電鍋裡拿出來，正是適合入口的溫度。他一把水餃端上桌，就看見江巧嘉已經拿好筷子，正要去夾，他莞爾一笑，輕輕拍掉她的手，「江巧嘉，去洗手。」

江巧嘉看了他一眼，不甘願地說道：「……現在是冬天耶。」

「所以？」

「水很冰。」江巧嘉越說越心虛，最後還是站起身，一邊走向廚房，一邊抱怨：「真是的，手又沒有很髒……張久岳，你也給我過來洗手！」

張久岳和楚念軒相視而笑，然後才緩緩跟著踱進廚房洗手。

三個人坐在餐桌上，楚念軒一直沒說什麼話，只是靜靜地吃著。張久岳一開始還有些拘謹，每句話都說得小心翼翼，但終歸還是個熱情的人，很快就客套不下去了，開始和江巧嘉像往常那樣閒聊打鬧。

江巧嘉和他說話的時候，總會笑得很大聲，眼裡彷彿也閃著光亮。

楚念軒咬下一口水餃，安靜凝望著這樣略顯陌生的她。在他面前，她從沒露出這麼燦爛的笑容，一顆心慢慢沉了下去。

張久岳說話很風趣，也很擅長聊天，不時還會將話題拋給楚念軒，讓楚念軒也漸漸融入話題之中。但即使正在交談，楚念軒也能感覺到一股隔閡。他和他們倆的生活圈並不相同，他的世界裡就只有江巧嘉。

他們倆不一樣。他們有面試、有工作、有共同的朋友……他們有好多好多的話題可以暢談。

在張久岳和江巧嘉身上，楚念軒彷彿看見了他所沒有的東西——青春。是啊，年紀相差過於懸殊，他早已沒有青春能與他們暢談。

吃飽後，張久岳不顧江巧嘉客套的挽留，很快地告辭了。江巧嘉收拾了餐桌上的碗筷，放入流理臺後，準備開始洗碗。

楚念軒看見了，緩緩走過來，奪過了她手上的菜瓜布，「我來洗吧，妳去看電視。」一想到江巧嘉終年冰涼的手指，他就不忍心讓她碰水。

「剛剛不知道是誰還叫我洗手呢。」江巧嘉一邊看著楚念軒洗碗，一邊打趣。

「那是為妳好。」楚念軒也失笑，擠了洗碗精在菜瓜布上，然後開始慢慢地洗碗。

「……念軒。」江巧嘉突然出聲，然後環住了楚念軒的腰。

「怎麼了？」楚念軒動作依舊，眉眼間卻多了幾分溫柔。

「其實你可以不用對我這麼好的。」她的話語裡多了幾分苦澀。

楚念軒對她太好了。有時候她會害怕，隔天醒來，發現這一切只是一場虛幻的夢境。或許是過去的折磨太多，讓她對每一分幸福，都感到莫名畏懼——她害怕這一切安逸的現狀，都只是暴風雨前的寧靜、也害怕隨時又會有什麼變故，奪走她和楚念軒現在的幸福。

楚念軒的動作一頓，他依稀嘆了口氣。突然，他打開水龍頭，把手上的泡沫沖掉，然後旋身將江巧嘉擁在懷裡。

「巧嘉，」他說，「妳知道嗎？現在的我什麼都沒有，我只剩下妳一個人了。」

江巧嘉的眼眶莫名發酸。

「所以，我不對妳好，我要對誰好呢？」他苦笑，「況且，除了對妳好，我什麼也無法給妳……」

巧嘉微微一愣，抱住他的腰，緩緩抬眼。沒想到，她卻看見念軒的眼眶是紅的，這瞬間，她感覺自己心頭一震。

「巧嘉，如果妳……如果妳有一天，覺得離開我會更好，那妳千萬別猶豫。」楚念軒溫聲說道，話語裡的每個字卻讓江巧嘉感到刺痛。

「你在說什麼？」江巧嘉有些哽咽。

「巧嘉，我的年紀比妳大很多。我不能陪妳享受生活，也沒辦法陪妳在外頭的世界闖蕩——我不像張久岳，永遠都能站在妳的身旁，更不能像他那樣，總是讓妳開懷大笑。巧嘉，我不能給妳的、不能替妳做的，實在細數不清。所以，如果妳哪天覺得和我生活很無趣，千萬不要猶豫，趕緊離開我身邊吧，我絕不會要妳留下。」

江巧嘉聽得眼眶發熱，眼淚慢慢地湧上來，但她忍住了，音調顫抖地開口：「你真的是個笨蛋。」

楚念軒紅著眼眶，沒有說話，只是輕輕擁著她。

「……念軒，你說這些話，是想要我難過死嗎？」江巧嘉緊緊抱住他，「你在說這些話的時候，怎麼都沒有想過，我是因為誰才能享受生活、是因為誰才能開懷大笑？」

楚念軒沒有答話，彎下脖子，把自己埋在她的肩窩裡。

「如果沒有你，我早就死了。楚念軒，你聽見沒？不許再說這種話。」江巧嘉抽了抽鼻子，眼淚還在眼眶裡打轉。她揚起頭，努力不讓眼淚流下來。

倏然，她渾身一震。她感覺到自己的肩膀有一股濕熱……江巧嘉抿抿唇，「哭什麼啊你！我都沒哭了……」

「巧嘉，謝謝妳。」楚念軒的聲音，悶悶地傳來。

江巧嘉沒再說話，只是顫抖哽咽著，「不准你再說這種話了。快答應我！」

「好，我知道了，不說了。」楚念軒的聲音依舊那樣溫柔。

江巧嘉微笑，摸摸他的頭髮。

他的頭髮裡夾雜了幾絲白髮，江巧嘉輕輕撫過那幾縷白髮，眼淚就突然地掉了下來。

念軒，不管未來還有多長，我都想和你一起度過——那個人必須是你，非你不可。

即使我一直無法釐清、也不想釐清這份心意是愛情還是親情，但對我來說，江巧嘉這個人，是因為你才得以存在；如果沒有你，江巧嘉早就死了。所以，千萬不要擔心我會厭倦，也不要害怕我會離開。

我很清楚，一旦離開了你，江巧嘉就再也無法完整了，她會像失去羽翼的鳥，從此墜落在黑暗的深淵之中……

所以，請讓我們如火花般璀璨的相遇，能夠化為亙久綿長的光亮，像星星一般照耀大地、守護我們所愛的人——無論是妮妮、宇森、母親、久岳……或是，我和你。

我相信，我們都能獲得幸福。哪怕身處於不同的時空，我也如此深信著。

——全文完

要青春19　PG1770

遇見妳所遇見的人

作　　者	沾　零
責任編輯	喬齊安
圖文排版	周妤靜
封面設計	蔡瑋筠

出版策劃	要有光
發 行 人	宋政坤
法律顧問	毛國樑　律師
印製發行	秀威資訊科技股份有限公司 114台北市內湖區瑞光路76巷65號1樓 電話：+886-2-2796-3638　傳真：+886-2-2796-1377 http://www.showwe.com.tw
劃撥帳號	19563868　戶名：秀威資訊科技股份有限公司 讀者服務信箱：service@showwe.com.tw
展售門市	國家書店（松江門市） 104台北市中山區松江路209號1樓 電話：+886-2-2518-0207　傳真：+886-2-2518-0778
網路訂購	秀威網路書店：http://store.showwe.tw 國家網路書店：http://www.govbooks.com.tw

出版日期	2017年10月　BOD一版
定　　價	290元

Printed in Taiwan

國家圖書館出版品預行編目

遇見妳所遇見的人 / 沾零著. -- 一版. -- 臺北
市 : 要有光, 2017.10
面 ;　公分. -- (要青春 ; 19)
BOD版
ISBN 978-986-94954-9-3(平裝)

857.7　　　　106014231

讀者回函卡

感謝您購買本書，為提升服務品質，請填妥以下資料，將讀者回函卡直接寄回或傳真本公司，收到您的寶貴意見後，我們會收藏記錄及檢討，謝謝！如您需要了解本公司最新出版書目、購書優惠或企劃活動，歡迎您上網查詢或下載相關資料：http:// www.showwe.com.tw

您購買的書名：________________________________

出生日期：________年________月________日

學歷：□高中（含）以下　□大專　□研究所（含）以上

職業：□製造業　□金融業　□資訊業　□軍警　□傳播業　□自由業

□服務業　□公務員　□教職　□學生　□家管　□其它_____

購書地點：□網路書店　□實體書店　□書展　□郵購　□贈閱　□其他

您從何得知本書的消息？

□網路書店　□實體書店　□網路搜尋　□電子報　□書訊　□雜誌

□傳播媒體　□親友推薦　□網站推薦　□部落格　□其他__________

您對本書的評價：（請填代號　1.非常滿意　2.滿意　3.尚可　4.再改進）

封面設計____　版面編排____　內容____　文／譯筆____　價格____

讀完書後您覺得：

□很有收穫　□有收穫　□收穫不多　□沒收穫

對我們的建議：________________________________

____

____

____

請貼
郵票

11466
台北市內湖區瑞光路 76 巷 65 號 1 樓

秀威資訊科技股份有限公司 收

BOD 數位出版事業部

....

（請沿線對折寄回，謝謝！）

姓　　名：＿＿＿＿＿＿＿＿　年齡：＿＿＿＿　性別：□女　□男

郵遞區號：□□□□□

地　　址：＿＿＿＿＿＿＿＿＿＿＿＿＿＿＿＿

聯絡電話：(日) ＿＿＿＿＿＿＿＿ (夜) ＿＿＿＿＿＿＿＿

E-mail：＿＿＿＿＿＿＿＿＿＿＿＿＿＿＿＿